しをかくうま

九段理江

文藝春秋

しをかくうま

誰かいるのか？

ヒは問う。返事はない。ヒの問いがヒの体の中でこだまする。誰かいるのか？　誰かいるのか？　誰かいるのか？

声はたしかに聞こえる。どこから聞こえてくるのかわからない。聞こえ始めたころはとくに気にしていなかった声だった。だが次第に音が大きくなるにつれ、自分の頭がつくりだした声なのか、それとも頭の外からの声なのか、出所を知らなくてはならなくなった。それを突き止めないことには、どれほど頭の中に言葉を増やそうと、いくら急いで歩みを進めようと、どこへも行けないのだとふと気が付いたからだ。自分の頭と体の外へは一歩も出られないことを悟ったからだ。

声は、どのようにして始まったのだったか？　ヒは順を追って思い出す。

初めに獣がいた。風景を横に断ち切るようにして広がる胴体があった。がっしりとした太い首の先に縦に間延びした顔があった。空に向かって突き立つ耳があった。聞くべき音はすべて天上からのみ降ってくるとでもいうかのように、体の頂点に取り付けられたその尖った耳の下に暗い眼がありそれは夜の全体を丸めてたまたま眼の形にしておいたみたいに果てしのない色をしていた。胴から顔にかけての半身がたとえば森林の中の太い一本の樹木の幹なのだとしたら、木の立ちかたとは反対に枝に相当する細い四肢が幹を支え、その枝を軽々としかし複雑な運びによって操り駆ける獣だった。ヒにはそのように見えたので、「夜を眼にして横に倒れて走る木の獣」と名付けた。その獣はみんな土の色をして群れをなしているものだと理解していたが、日照りの長く乾燥した土地に入ってからはその限りではないことをヒは知った。色々な色の様々な様子の獣がおり、自分の目の異常を疑うほど白く発光するその獣はひとりだった。夜を眼にして横に倒れて走る発光した木の獣は群れをなさずにたったひとりで走ってきてひとりでひとりのヒを追い抜いた。ヒが何かを思う隙もなく通り過ぎた光はやがて白い点となり、視界から消え、まもなく声が聞こえ始めた。

乗れ。

「ルールが変わったことは冒頭ではっきりとアナウンスするべきだったんだ。でも五十人くらいの人間がそこにいて、十文字のことを気にしているのはわたしの他にはいなかった。いや、全員に確かめたわけではないんだ。だからこういう言い方は厳密には正しくないのだろうけれど」

彼女の目を見てそう言いながら、なんて美しい器官なのだろう、とわたしは思っている。

眼球じたいはただの見慣れた人間の器官だ。たとえば彼女の眼窩から眼球だけを取り出してテーブルの上に置いておいても、わたしはその濡れた球体にこれほど心を動かされはしなかっただろう。だからわたしが美しいと思ったのは、ただの眼球に対して彼女独自の目に美しさを与えている外縁、つまり瞼《まぶた》の形なのだったが、次第に彼女の目を美しくしているものは形ばかりではないように思い始める。気が付いたときにはわたしの意識は瞼の形から瞼に乗せられた色へと移行している。健康な人間の皮膚には本来存在し得ない人工的な色が、彼女の灰色の瞳を彩っていることにふと気が付く。わたしはアイシャドウを瞼に乗せたこともなければアイシャドウというものについて深く考えたこともない。そしてこれからもアイシャドウを自分の瞼に乗せる機会もなければその必要が生じる日がやってくるとも思えないが、しかし彼女の瞼を見つめているとアイシャドウについてもっと知らなくてはならなくなる。その基本的な役割のことであったり、仕組みのことであったり、歴史や種類や用法や効能のことなんかを。そんなことすらも知らないわたしが彼女の目を美しいと思うのは、やはり順序が間違っている気がしてならない。むしろ、まるっきり逆だ。①眼球②瞼③アイシャドウ、そうじゃない。①アイシャドウ②瞼③眼球、こうだ。この順番であればわたしは彼女の目を美しいと言っていい。彼女の目を愛していい。

わたしはこれまで色々な人間を愛したというか愛しているような気持ちになったりしたことがあった。その中にはアイシャドウが瞼の上に乗った人間も含まれていたと思う。大抵は女だったと思う。女だった。わたしには彼女たちが化粧をしているときの顔と、していないときの顔の違いがわかる。でもだからといって彼女たちの瞼に何が乗っていて、その何かが彼女たちの顔をどんなふうに見映え良くしているかを今まで気にしたことはなかった。それなのになぜかわたしは唐突に、よりによってこんなときに、アイシャドウのことが気になって仕方がない。「正しくない」と彼女は言う。そしてアイシャドウの色の中に瞳を隠す。彼女の瞼に乗った細かいラメはとても複雑な光り方をして、わたしを放心状態にしてしまう。

彼女はこの部屋に入ったとき、冬の冷たい雨の降る中を歩いて来たせいで、走って来たのかもしれないがとにかく体を震わせていた。でも今ではすっかり落ち着きリラックスしている様子で、声の強張《こわば》りもなくなっている。きっと温かいコーヒーを飲んだからだ。わたしも彼女と同じものを飲んでいる。これからじっくりと腹を割って重要なことを語り合えるような予感が、雨とコーヒーの深い香りとともに部屋の中に満ちている。そのときふと、もしもコーヒーという飲みものがなかったら人は重要な話などひとつもできないのではないか、とわたしは思う。重要な話をするためにコーヒーが発明されたのか、それとも先にコーヒーがあり、コーヒーが人間に重要な話をさせているのか？

どのような言葉を入力すれば、コーヒーと重要な話が発生した正確な順番を知ることができるのだろうと考えていると、

「正しくないことについてはまったく問題ない」と彼女は続ける。「正しくある必要はない。誰かがつくったセオリーのように、重要なことから先に述べようとしなくても結構。あなたの職業倫理に反するような話し方をしても気にしない。実際以上に誠実であろうとしたり、品位を保ったりすることにエネルギーを使わないで。言葉は本来野蛮なもの。もともと野蛮な者たちが話した言葉を、野蛮さを嫌う者たちが後から整えただけのこと。

信じて、あなたには声がある。あなたの声。記憶が染みついていない声。時の裂け目から聞こえてくる声。そういう声をあなたの他に私は知らない。私たちは知らない。どこの世界にもあなたほどの人間はいない。人間はいない。

あなたのTV局の上層部はどうして誰も気付いていないの？　あなたはゴールデンタイムにTVに出て、この世でもっとも重要なニュースを私たちに伝えるべき人でしょう。それについて、あなた自身はどう思っているの？」

わたしは首を左右に振る。わからない。質問の答えもわからないし、彼女がわたしを過大評価しているのか、それとも本当にわたしが特別な声の持ち主なのかもわからない。どんな言葉で検索しようとインターネット上にその答えは見つからないだろうことはわかる。

「でも一方で、私はこうも思うの」と彼女は言う。「あなたには声以外に何があるの？　とて

も素晴らしい声をしているけれど、何を喋ってもあなたの声の中には言葉がない」

「そうなんだ」わたしは頷く。相槌ではなく、強い同意として。

「さあ、だから、早く。私が今、あなたが今、ここにいる理由を伝えて。『ルールが変わったことは冒頭ではっきりとアナウンスするべきだったんだ』？　そんな自己反省よりも実況して。私たちがどうやってここまでやって来て、どうして私と、あなたが、こんなふうに話すようになったのか、実況して」

「実況？」

「そう、実況。あなたは実況をする。わかっているのでしょう？　最初から正しい実況を期待しているわけじゃない。これからあなたがする実況にはお手本も正解もない。オンエアの予定があるわけでもない。あなたはまだ私たちの言葉を覚え始めて間もない。こんなことを言ったら視聴者からクレームがくるか、私たちを不快にさせないか、そんな心配は一切しないで、何もかもを忘れて、順序も時系列もばらばら」彼女はふと何かを思い出したように瞼を開け、再び灰色の瞳を現わす。「で構わないから実況して。あなたはそれをやらなくてはいけない。それをしないことには、あなたが行きたい場所には辿り着けない。そんなに物事の順序が気になるようなら、そう、たとえば……語順は？　語順のことを考えてみたら？」

「語順？」

「語順。Word order. 今のところあなたの Word order は問題ない。『ルールが変わったことは冒頭ではっきりとアナウンスするべきだったんだ』。それでいい。『アナウンスだった変わった冒頭ではっきりとするルール』とは言わないで、とりあえず今のところは」

彼女は何かをじっくり思案するように手を頬にあてる。ペイルブルーに塗られた爪が、灰色の瞳の真下にくる。そしてひとつに束ねていたダークブラウンの髪を解き、頭を軽く振る。甘い匂いがわたしの鼻先に漂う。羽織っていたベージュのコートを脱ぎ、座っている椅子の背もたれにかける。座面がラタンになっている、美しい曲線でできたアームチェアだ。**ミヒャエルトーネット**の曲木《まげき》の技術を発展させてデザインされた、２０９という名の椅子。彼女のほうがずっと背が高いから、わたしがそこに座っているときとは部屋の景色がずいぶん変わるような気がする。**フランクロイドライト**がデザインしたタリアセンのオレンジ色の光が、中に着ているセーターの緑色を淡くやさしい色にしている。彼女は実に色々な色に取り囲まれている。そこにある色たちはそれぞれ独立して色づいているのではなく、色同士が相談し合って各自の色を決定しているみたいに見える。親密な者同士が彼らにしかわからないテーマで会話をしているみたいに見える。そこに知らない色が入り込む余地はない、ひそやかな色々の色。わたしは色のことをまだじゅうぶんに知らない、少なくとも正しい順序では。

そうしてまた順序に気をとられ始めると、彼女はそれを見透かして、「さあ早く」と言う。まるでわたしの体を鞭で打って追い立てるみたいな言い方で。

「あなたは本当にそこにいる？」とわたしは訊く。

「いる」彼女は言う。

「あなたはそこにいて、わたしを見ている？」

「私はここにいて、あなたを見ている」

「わたしの声を聞いている？」

「聞いているから、これ以上苦しくしないで。あなたが実況をしていないとき、私は呼吸を止めている」

彼女はラメを乗せた瞼で再び目を隠し、呼吸を止める。本当はとても細く息をしているのが胸と肩の動きでわかっている。彼女たちは必要とあれば役者のように演技ができる。彼女につまらない芝居をやめさせるためにわたしは話を再開する。

「十文字のルールを知ったのは、レースの二日前の夜だった」

すると彼女のアドバイスがただの気休めではなく、とても適切なものであることをわたしは理解するようになる。正しい語順でセンテンスをつくることに意識を集中すると、たしかにとても話しやすくなるのだ。わたしは宙に散らばる言葉を手探りでたぐり寄せ、ただみずからのルールに従い、集めたものの順番を整えていく。

彼女は呼吸を始める。

わたしは実況を始める。

十文字のルールを知ったのは、レースの二日前の夜だった。

目を閉じていても、長い冬を耐え抜いた植物たちの、安堵した気配を感じるような四月、街と人間と、木々と人間のあいだを、南よりの風が通り過ぎる、馬場状態は芝、ダートともに稍《やや》重《おも》。

わたしには毎日必ず見てまわるウェブサイトのリストがある。まずはごく当たり前に①JRAのホームページであり、これに関してはもう際限なく、時間を確認するような感覚でチェックする。時計を見る回数よりも多い。元よりわたし自身はそれほど時間を気にするほうでもない。時間よりも重要なことはたくさんあるし、時間を気にするのは主にスタッフの仕事だからだ。スマートフォンのロックを解除すると、わたしの画面には真っ先にJRAの新着ニュースが表示されるようになっている。ロックを解除するのも面倒なくらいだから、もういっそのこと「JRAと脳が直接つながっていればいいのに」とよく思う。真剣に思う。もしも自分の脳を取り換えられるなら、新しい脳にはそのような設定を施す。でもほとんどの人は、この話を趣味の悪い冗談だと思うみたいだ。とりあえず冗談ということにして笑って、なかったことにしようとする。

わたしが一緒に仕事をしているタレントの女の子もこれを笑った人間のひとりだった。大学のミスコンテストで優勝だか準優勝だかして、卒業後にそのまま芸能事務所に入った子だ。彼女はわたしが司会をしている情報番組のアシスタント役を今年から務めるようになった。本番前のちょっとした待ち時間に、わたしたちは前の週のレースの話をしていた。他に共通の話題がないせいで、顔を合わせるといつも競馬の話になる。あるいは若い女の子が仕事先の中年男性に競馬好きをアピールすると、顔を覚えてもらえたり好感を持たれたりする場合があるから、事務所にそうしろと言われているだけなのかもしれない。中年男性というにはわたしはまだ若すぎるけれど、とにかくその日も話題を振ってきたのは彼女からだった。皐月賞はいくらプラスだったという話から、著名な馬主のSNSにダイレクトメッセージを送ったら返事がきて食事に誘われた、という話になり、そして何の脈絡もなく、

「今年の有馬記念はちょうど私の誕生日なので――」と彼女が言い、「何日だったっけ?」とわたしが尋ねたのだが、そのとき彼女の答えたその日付が今年の有馬の日程と一日ずれている気がした。でもスマートフォンはアナウンスルームに置いてきていたからすぐにカレンダーを確認できなかった。

それでわたしは、

「ああ、JRAと脳が直接つながっていたらよかったのに」と、とっさに口にしたのだった。

「え? どういうことですか?」と彼女は言った。

ＪＲＡとわたしの脳がつながる。それがどういうことなのか？

もちろんそれは日本中央競馬会が新しいニュースを更新するのと同時にわたしの脳にニュースが自動的に転送されていて気付いたときには既に「知っている」状態になっているということだ。

そんなわかりきったことをわざわざ言いたくはなかったが、わたしはできる限り、その新人アシスタントに親切であろうとして、順番に沿って発言の意図を解説した。しかし彼女は、「え、なんか怖い」と言って顔を引きつらせた。「馬だけの人生になっちゃうじゃないですか」

昔からそうなのだが、わたしは人生とか世界とか愛とか、何か壮大な物事をイメージさせるような言葉が好きではない。だからアナウンサーとしてはあるまじきことだけれど、わたしは意図的にそれらの単語をちゃんと発音しない。前後の音と音のあいだに、「じんせ」「あんい」「せぇかい」を素早く滑り込ませてしまえば誰も気付かない。言葉そのものは別にいい。ただ、わたしの頭の中にある人生のイメージが、他人の頭の中にある人生のイメージと一致しているわけがないから、その類の語彙を使って誰かとコミュニケーションをとるのが嫌なのだ。

「そうですね。でもわたしはまさに、そういうじんせを望んでいるんです」

わたしが言うと、ミスコンは彼女の髪を直させていたヘアメイクと一緒に、「異常ね」と笑った。

でもミスコンの女の子もヘアメイクも、インターネットと脳を直接つないでくれるインターフェイスのようなものが一般消費者向けに発売されたなら、結構よろこんで買いに行くんじゃないかと思う。たとえば彼女のファンが彼女を称賛する文章を投稿すると同時に、彼女の脳に文面が送り込まれる。人工知能が先回りしてネガティブな文言を自動的にシャットアウトしてくれれば、承認欲求を満たす言葉だけで脳内を常に埋め尽くすことができる。「喉が渇いた」と思うだけで、スターバックスのオーダーが完了している。思い出せないもの、未知のものに出くわすたびに、逐一検索タブに単語を入力するまでもなく、気付いたときには既にそれを「知っている」状態になっている——といったことが、定価十万円くらいで可能になるとしたら彼女たちだってそのタイムパフォーマンスに優れた便利な道具を、生活に取り込みたくなるはずなのだ。「なんか便利」とかなんとか言いながら、**野比のび太**君みたいに使いまくるはずなのだ。すべてを知っている状態になればもう見た目だけのすかすかな女だと見下されずに済むし、ブルーライトの浴び過ぎで不眠症になる心配もなくなる。新しい脳を使うのに慣れてしまえば、かつて情報と脳のあいだにごてついた電子端末なんかを挟んでいた理由を、きっと誰も思い出せなくなる。誰だって欲しがる。

あなたは?

馬だけの人生になっちゃうじゃないですか、と彼女は言った。でもわたしには、彼女のほうこそ人間だけの人生になっているように見えた。彼女がいついかなる場合も人からの評判を気にしていることは何もおかしくはない。それならわたしが常時馬の下馬評を気にしていることの何が問題なのだかわからない。出走馬の枠順が気になる。馬体重が知りたい。今週疾病を発症した馬がいなかったかどうかが気がかりだ。だからＪＲＡとわたしがつながり、この世のすべての馬たちの動向がリアルタイムに脳へ直接送り込まれるなら、それはわたしとしては極めて理想的な状態だ。

しかし現状そうなっていないため、①ＪＲＡのチェックを済ませると、②ＩＣＳＣ③ＢＴＣ④ＩＦＨＡ⑤ＪＳＥＳ⑥ＪＢＢＡ⑦ＮＴＲＡ⑧ＡＲＣ⑨ＪＲＨＡ……と続くリストを、自分の手と目を使って見ていくことになる。もちろん適当なアルファベットを並べているわけじゃない。ＩＣＳＣは国際セリ名簿基準委員会の略称で、ＩＦＨＡは国際競馬統括機関連盟の略称だ。

「十文字」のニュースを見つけたのはＪＡＩＲＳの公式サイトだった。Japan Association for International Racing and Stud Book、日本の軽種馬を登録管理する法人。ここを定期的にチェックしている人間をわたしは自分以外には知らない。そこでは先月の競走馬の輸入数や、サラブレッド生産者組合による報告会についての情報が得られる。あまり代わり映えのしないマニアックなトピックの中に、不思議なタイトルが紛れ込んでいるのを見つけた。

九から十へ

編集中の下書きをうっかり途中送信して公開してしまったようなタイトルだ。運営のミスか？　そう思いながら文字をタップした。

登録馬名の文字数制限が九文字から十文字に変更されました。

書かれていたのは本当にそれだけだった。理由も書かれていなければ、いつからルールが適用されるのかも、「協議の結果、」みたいな前置きもない。

わたしはその日も既に何度見たか知れないJRAのページを再び開いてみた。でもJRAはまだ「十文字」について何も触れていなかったし、どこのニュースサイトで検索をかけても馬名ルールの情報は出てこなかった。

きっとJAIRSが解禁前の情報を誤って流出させてしまったのだろう。わたしには仕事を通じて知り合ったJRAの職員がいるし、厩舎で働いているホースマンたちとも個人的な付き合いがあり、解禁前の情報はもちろん、表には出ないような話まで、毎週のように仕入れることができた。でも馬名のルールが変更されるなんて噂は、人生で一度も聞いたことがなかった。

人生?

本当に気に障る言葉だけれど、わたしの人生についてはやはりあなたにも軽く知らせておいたほうがいい気がする。順番が前後したが今から説明する。三分とかかりはしない。**セクレタリアト**は一九七三年の芝二六〇〇、カナディアンインターナショナルステークスを二分四一秒八で走ったがこれより時間がかかるってことはない。

わたしの人生は日本ダービーからスタートした。そのとき、わたしはどこか家の外にいて、たまたまTVか何かがついていてレースを見たのだろう。でもそれを見たのはたしかなのに、自分がどこにいてなぜ見ることになったのか、細部はまるで記憶から抜け落ちている。しかし一方で、そのときに嗅いでいた競馬場の芝生の匂いであったり、最後の直線で場内を埋め尽くす十万の大歓声が空気を震わせていた手触りであったりをはっきりと思い出すこともできた。それでわたしは家にいる大人に、自分は競馬場に行ったことがあるかどうかをそれとなく尋ねてみた。彼らはおぞましい犯罪の被害にでも遭っているみたいな顔をして、「なぜ我々がやくざの溜まり場みたいなところへ行かなくてはいけないのか？」と言った。わたしはそれまで競馬を見たことは一度もなかった。馬が走っている姿さえ見たことがなかった。というのも、わたしの家ではTVやコンピュータの類を子供に一切与えない方針をとっていたからだ。あなたは笑うかもしれないけれど、わたしの家にいた大人たちは、あらゆる情報通信機器というものが我々人類を堕落させる諸悪の根源なのだと冗談抜きで考えていた人々だった。彼らは神様の声を聞くことのできる選ばれた人々で、TVの電波やインターネットの回線は神様が我々に呼びかける声を遮る悪魔だと固く信じていた。そう、神様だ。万物を創造し、人間に無限の愛をお与えになるというあの神様のことをわたしは言っている。彼らとはしばらく連絡を絶っているから今ごろ何をしているのかは知らない。けれどももし彼らが今でも神様の声を聞くことができると考えているのだとしたら、きちんとした病院でMRIだか脳波計測だかを受けてみるよう勧めたいとは思う。わたしの見立てでは彼らは神様の声を聞いているんじゃなく、脳内でつくりあげた自分の声を神様の声だと思い込んでいるだけだった。それに神様の言葉や神様の預言者の言葉として記録されているものは大体が外国語からの翻訳だったから、察するに彼らのいう神様は日本人ではなく日本語をお話しにはならないはずで、仮に神様が何かをおっしゃったとしても、彼らにはその言葉をひとつも理解することなんてできなかったと考えるのが自然ではないかと思う。

そういえば、わたしはよく、神様に手紙を書いたものだった。わたしが何か耐え難く辛い思いをすると、家にいる大人が「神様に手紙を書きなさい」と言ったからだ。神様へ、なぜ神様は、神様の子であるわたしたちに、このような試練をお与えになるのですか？　わたしたちは事あるごとに、**「天にましますわれらの父よ」**とあなたに祈りを捧げているわけですが、あなたの性別は本当に男で間違いありませんか？　**なぜわたしは胎から出たとき、死ななかったのですか？　なぜわたしは、生まれ出たとき息絶えなかったのですか？　もっとも偉大なものとは愛**なのでしょうか？　**たとえわたしが、地上のすべての人間の言葉や、天使の不思議な言葉を語ったとしても、愛がなければわたしは鳴り響く鐘、騒がしいシンバル**ですか？　**あなたこそわたしの主、わたしの幸いはあなたの他にはない**のでしょうか？　でも正直に告白すると、わたしの幸いはあなたである、という確信を持てないんです、なぜなら——。

というふうに、紙が真っ黒になるまで手紙を書いたのだったが返事が来たことはなかった。たぶん神様はどこかで両手足を縛られ木にくくりつけられて口を塞がれでもしていたのだろう。とにかく神様というのはわたしの手紙や祈りに対して沈黙することしかできない不自由な状況にあるみたいだった。そしてその日、わたしに日本ダービーを見せたのは神様の思し召しなんかではなかった。それはわたしが生まれる前から、わたしの家にいた大人が生まれるよりも前から、神様がこの世界を創る前から、神様がこの世界を創ったと誰かが言い出すよりもずっと前から決まっていたことだった。

　遥か遠い場所から過去と未来を行ったり来たりしながらこのわたしの現在に向かって疾走してくる一頭の動物がいて彼女はゴール板を過ぎた瞬間に移動速度を緩めたがそれ以来わたしの人生は彼らと彼らの血が流れる者たちを中心に回転し始めわたしにとって春とはすなわち三歳クラシックを意味し秋とはすなわち秋の古馬三冠を意味するようになった、それでわかった。もうこれからは神様のことを考えなくてもいいのだとわかった。生まれながらにして負った罪をどう贖《あがな》うべきなのかとか、神様がわたしたちに何を求めているかとか、神様のように偉大なお方がつくった人間がこんなにも不完全な形をしていてよいものなのかとか、神様にまつわる一切合切を、考える必要はなくなった。わたしが残りの人生で為すべきことは神様の言葉を解釈することじゃなく、走る馬の後ろをぴったりついて行って、馬の言葉を解釈することだった。わたしは以前から彼らとそうする約束をしていて、彼女が思い出させたのだ。

フリードリヒニーチェは言った。「**神は死んだ**」。素敵な言葉だ。座右の銘にしたいくらいだ。彼は神が死んだところを実際に目にしたのかもしれない。しかしわたしは神を見なかった。わたしは馬を見た。**神は馬だ**。これはわたしの言葉だ。初めに、誰の意思でもなくただ偶然と偶然の連なりによってあらかじめ創造されていた天と地があり、その中間地点に不意に馬と人間が立っていた。馬は人間に言った、**乗れ**。そのようになった。馬は人間を乗せた。馬が人間をこの世界へ連れてきた。第一の日だ。

落雷のようにわたしの頭に落ちてきた神と馬にまつわるアイデアは、この不可思議な世界の成り立ちのすべてを説明していた。人間を、今のような人間にしたのは馬だ。そのことは我々の歴史が証明していた。馬が人間を乗せていなければ人間はいつまでも自分の足以外の手段で陸上を移動するというコンセプトを思いつかず、出会うべき人間同士が出会うこともなく、ひいてはここまで人間が増えることもなく、当然わたしも存在しなかった。人間の手によって創造された万象、わたしが座っている椅子、あなたが座っているその椅子、TV、インターネット、人工知能もすべては馬が人間につくらせていた。彼らの意思が、わたしたちにそれらを創造するよう仕向けていた。そう考えたとき、わたしは初めてこの世界に触れたような気がした。初めて世界が愛おしくなった。

彼らとともにある限り、わたしは神様を信じていないクラスメイトと友達になることができ、友達と同じ給食のメニューを食べることができ、学校の式典で「君が代」を歌うことができるようになった。神様を愛するよう強要してくる大人たちから離れ、ひとりで生きていく方法をインターネットで検索することもできた。家にいた大人たちは神様を信じない子供とわたしが同じ行ないをするのを咎めた。けれどよく考えてみれば彼らはただ体が大きいというだけで本質的にはわたしと何ら変わらないちっぽけな人間なのであり、その人間が人間を咎めたり叱ったり何かを強制したりすることじたいが、全体的に滑稽というか茶番だと感じるようになった。それに対して彼女は馬だった。

仮に、ここに「馬」という字と「人間」という字を書いてみるとする。そこに「神様」を加えてみてもいい。並べてみると明らかだが「人間」も「神様」もわたしたちに何も語りはしない。与えられた名前をただ引き受けているだけで彼らには何かを語る体がない。ところが馬は語る。馬の一字を書くだけでも、たしかな肉体を持った動物が鬣《たてがみ》をなびかせひとりで立っている姿が見える。実際の血が流れる本当の体がわたしの体に何ごとかを語りかけると彼らはわたしの体の中を流れている血までも全面的に入れ替えさせたからわたしはもう自分の名前さえも忘れてしまった。誕生日がいつだったかも忘れてしまった。人から誕生日を訊かれてまず脳裏に思い浮かべるのはその時々で彼らの血を受け継いだサラブレッドの誕生日だ。少し前なら**ジヤイグルデヴァ**六月三日、それより前なら**ユーバーメンシュ**三月二十一日、今では**シヲカクウマ**三月一日がわたしの誕生日ということになっている。年間のレースがひとまわりすればどうせ自動的にひとつ歳をとる。自分が夏生まれなのか冬生まれなのかなんて覚えていても占い以外で役に立つことなどないし、ホープフルステークスの終わりとともに一年が終わることを知ってさえいれば何も困らない。世の中には何をするにも損得の計算をしないと物事を進められない人間がいてまた名誉のために愛や信念を捨てる人間がいてわたしは損得の計算も名誉のことも顧みない代わりに馬を愛し、数ミリでも馬に近付くため口にする言葉のひとつひとつ、歩く道の一歩一歩が馬に到達するための道程であると信じ行動することで朝と晩を繰り返す。これがわたしの人生だ。

「**九から十へ**」のルールが実際に適用されるとして、つまりそれはわたしの人生の中に九文字を超える名前の馬が初めて登場することを意味するのだが、それについて考えながら穏やかな気持ちで眠りにつくというのはやはり無理な相談で居ても立っても居られなくなりベッドから這い出て部屋の本棚の前にわたしは立った。そこに保存されたままとりあえずは変更される予定のないしんとした書物のたたずまいはわたしを多少落ち着かせた。そこにあるのはどれも仕事のために用意された書籍や資料ばかりだった。TV局に入局してからは働きづめの毎日で、最後に自分で金を出して本を買って読んだのがいつだったかも思い出せなかった。そうやってばらばらに詰め込まれたたいして思い入れもない本の背表紙を眺めていると**エミリーディキンソン**の名前が目についた。どのような経緯でここにあるのかも覚えていない太陽が時間をかけて焦がしていった真っ黒なその詩集は引っ越しの度に処分しようか迷うものの一冊くらい詩集が家にあってもいいかとぎりぎりのところで判断され残され続けた本だった。じっくり読んでみたことはないし、そもそもわたしには詩がどのような状況で読まれるべき読み物なのかがわからない。時代と訳者によって彼女の名前は**エミリイディキンスン**になったり**エミリディッキンソン**になったりした。外国語の音を無理に日本語の表記ルールに押し込んできたことの弊害だ。日本人が日本語訳を必要とする以上、**Emily Elizabeth Dickinson** は今後も日本語表記のトレンドに流されるまま変化し続けることだろう。でもとりあえずわたしの本棚にいるのはエミリーディキンソンであり、その十文字こそがわたしに本を開かせたのだった。

God made no act without a cause,
　神は理由なき行為をされません
Nor heart without an aim,
　その御心には計画があります
Our inference is premature,
　わたしたちの結論は性急で
Our premises to blame.
　わたしたちの前提こそ誤謬

タイトルの代わりに１１６３の番号が振られた短い詩は、紙の白い空白の権力にひれ伏すかのようにごく控えめに印字されていた。詩の言葉は頭に入ってくる手前でばらばらに砕け、細かい塵のように床に落ちて埃に吸い込まれていった。ただエミリーディキンソンという名前がわたしの脳に刻まれた。エミリーディキンソン。その名が自然と口からこぼれると、わたしの喉はもっと多くの名前を欲した。欲するままに目についた本を次々に本棚から引き抜いた。使いもしないのに大学の授業で買わされた教科書や、数年分の埃の積もった重たい百科事典や、何を目当てに買ったのかも思い出せない雑誌の類を片っ端からめくっていった。エミリーディキンソン　チャールズダーウィン　フリードリヒニーチェ　リヒャルトワーグナー　マーガレットサンガー　ナポレオンボナパルト　ジョゼフチェンバレン　エミリーデイヴィソン　ヴァネヴァーブッシュ　アレッサンドロボルタ　コービーブライアント　フランシスコフランコ　ホルヘルイスボルヘス　ジョンスタインベック　ベニートムッソリーニ　ヨハネスフェルメール　サミュエルスレーター　オーティスレディング　ルイアームストロング　マリーアントワネット　ジョンロジーベアード　フニャディヤーノシュ　セオドアルーズベルト　サミュエルジョンソン　ジャンジャックルソー　バートランドラッセル　アブラハムリンカーン　ウジェーヌドラクロワ　フリードリヒハイエク　エドワードジェンナー　カールグスタフユング　グリエルモマルコーニ　チャールズディケンズ　ジョンフォンノイマン　フランクロイドライト　ウラジーミルプーチン　ハーバートスペンサー　ゴータマシッダールタ　フレディマーキュリー　エドマンドスペンサー　ジョンアッシュベリー　シモーネマルティーニ　ジョンロックフェラー　エルヴィスプレスリー　フランシスコザビエル　ジュリアンジェインズ　バールーフデスピノザ　ヨシップブロズチトー　アイザックニュートン　ルドルフシュタイナー　ライナーマリアリルケ　ステパーンバンデーラ　レオナルドダヴィンチ　ミハイルゴルバチョフ　クルトプリューファー　デイヴィッドヒューム　ティムバーナーズリー　ブライアンホロックスジャンボードリヤール　ウォルトホイットマン　マークザッカーバーグ　ヴァルターグロピウス　ヨーゼフマイジンガー　マルティンハイデガー　ウィリアムジョーンズ　ヴィヴェーカーナンダ　クロードドビュッシー　ジャンポールサルトル　フアンラモンヒメネス　ルドルフクラウジウス　ミゲルデセルバンテス　アルフレッドノーベル　ヴァルターベンヤミン　ロレンツォデメディチ　アレキサンダーポープ　フェデリコフェリーニ　ゴットロープフレーゲ　ウォーレンバフェット　アントンミュッセルト　エトムントフッサール　ウラジーミルナボコフ　ムハンマドイクバール　レオンハルトオイラー　アルチュールランボー　ピエールドフェルマー　フレデリックショパン　ジークムントフロイト　ジェフリーチョーサー　アルベルトシュペーア　ジャレドダイアモンド　ウィリアムハーシェル　ヴァーツラフハヴェル　ダグラスマッカーサー　アンディーウォーホル　アッシュールバニパル　ギヨームアポリネール　リチャードドーキンス　ニキータフルシチョフ　ポールマッカートニー

ラップトップを立ち上げざっとリストアップしたところ、日本語のカタカナ表記のルールにおいて十文字の名前を持つ人物は部屋の本棚に九十九名眠っていた。そのリストがインド・ヨーロッパ語族の言語の話者だけで構成されていることにわたしはすぐに気が付いた。この世界はインド・ヨーロッパ語族の言葉だけでまわってきたんじゃないかと錯覚しそうになった。そして漠然と、もしこれらの十文字の人間のうちの誰かが歴史上からひとりでも欠けていれば、現在の世界の様相は完全に異なったものになっていただろうな、とも思った。ゴータマシッダールタが存在しなかった世界、マークザッカーバーグが生まれなかった現代社会について空想しているとますます眠りは遠くなり、自分がどこに立っているのかわからなくなった。今まで外を駆けてきたみたいに心臓はどきどきして全身から異常な量の汗が噴き出し水滴がぽたぽたと床に落ちる秒針のようなリズムが聞き取れるほどだった。そんなにも大量の汗をかくことができるのは人間の他には馬くらいのものだ。わたしは汗を止めるためにバルコニーに出た。四月の冷えた夜の外気に肌をさらし、手の汗で滑り落としそうになりながらラップトップを片手で支え立ったまま青い光の中に浮かぶ十文字の人間の名前を読み上げていった。九十九名の名前が立ったままの体を通過してもまだわたしの喉は満足していなかった。自然に呼吸ができるまでは何度でもそうして立ったまま彼らの名前を呼び続けようと思ったがいつまで経っても胸の下の臓器はひとりでに動きおかしいくらいの速さで血を上に送り下に送るのを感じながら自分の命がいつも何によって動かされているのかを今さら知ったような気がした。それと同時に、わたしは自分が機械ではなかったのだとも考えていた。まるで自分が単数ではないかのように半身を支える右足と左足が同時に別のことを考えていて、「へえ、やろうと思えば人間にはこういうこともできるのか」と左右の足の間で感心したりしながら、機械とは人間に必要とされ人間によって生み出されてきたものであり、人間は人間がつくる機械にわざわざ人間に似せて血を流したりしないだろうと考え、なぜなら血液の循環は機械が駆動する条件ではないし、人間の体の三分の二は水でできているが機械に一滴の水分も入っていないのは精密機械を水気に近付けると故障の原因になるからだ、などとただの思いつきにいちいち理由を与えたりもした。なぜ唐突に機械について考えていたのかといえば、それがその日の午後に司会をした番組の議題となっていたからだろう。

クローズアップ現代と日曜討論を掛け合わせたようなその番組の冒頭で、

「今回はこちら、人工知能が引き起こす健康被害の問題です」とわたしはカメラに向かって言った。わたしの目には見えていないが、わたしの腰のあたりに表示されているであろうテロップを指し示しながら。「日常生活や教育の現場でも、人工知能を活用する場面が増加しています。多くの利点が期待される一方で、いわゆる人工知能ネイティブ世代の健康面に、深刻な事態を招くこともあるようです。ある課題に対して、人工知能に頼らずに、自分の頭だけで解決しようとすると心身に不調をきたす——といった例が、若い世代を中心に報告されているというのです。一体、どういうことなのでしょうか。まずはこちらをご覧ください」

スタジオの中継からVTRに画面が切り替わる。小学校低学年くらいの子供と白衣の精神科医が、白い壁の診察室で向き合う姿が映る。顔にモザイクのかけられた子供が、エフェクトのかかった声で陰鬱そうに話す。

「スマートフォンがあ、禁止の授業とかだとお、知らない言葉とかが出てきたときにい、すぐにAIが調べてくれないときとかあ、すごいストレスだしい……あとお、先生とかあ、友達にい、『どうしたい?』とかあ、やりたいこと? とか、『何がしたい?』とか訊かれてえ、でもお、自分でなんかあ、やりたいこととかあ、なんかあ、考えてるとお、べつに特に何もないしい、頭が痛くなってえ、吐きそうになったりとかあ……」

VTRが終了すると番組の後半は再びスタジオに切り替わる。人工知能の研究者、システム開発に従事するエンジニア、教育分野の専門家といった面々にわたしが連なり、人間と人工知能は将来的にどのように共存していくべきか意見を交わす。最終的には人間が人間であることの存在意義と、人間の定義についてのお決まりの抽象的な議論に発展する。エンディングに誰の心も捉えないそれこそ人工知能が自動生成したようなジャズフュージョンが流れ、

「わたしたちの未来はどうなっていくのでしょうか。わたしたちは一体、どこへ行こうとしているのでしょうか。本日は貴重なお話、ありがとうございました」とわたしが言って番組が終わる。テーマが何であれ締めの言葉はいつも同じだ。わたしが司会をする限り、わたしたちの未来が一体どうなっていくのかという問いは宙にぶらさがったまま、そして貴重なお話以外のお話が話されることもない。

エフェクトのかけられた子供の声が本当はどのような声だったのかを想像しながらわたしの体はバルコニーから暗いキッチンへと移動し明るい冷蔵庫を開けていた。中にはレモンとはちみつとオリーブオイルとリンゴ酢で味付けしたキャロットラペのタッパーがあった。深夜にキャロットラペなど食べるべきではないとか、食べたらもう一度歯磨きをしなくてはならないとかを考える前にわたしはそれを食べていた。タッパーの中に顔を突っ込んで手も使わずに千切

りにされたオレンジ色の野菜に食らいついていた。三日間かけてマリネ液が浸透した三日分の酸味が胃に沁みた。奥歯ににんじんの繊維がはさまり舌先がそれを取ろうとしたが簡単には届かずやっと飲み込み舌が疲弊しきったところで、

「さあ最後の直線」

という声が自分の体の内部から聞こえた。それを合図にわたしは肺に入るだけの空気を鼻からたっぷりと吸い込んだ。そして暗闇に向かってたったひとりでまだ見ぬ未来の世界の実況を始めた。

さあ最後の直線、**レオナルドダヴィンチ**が押して四コーナーをまわってくる横に大きく広がっている**アルチュールランボー**はまだその後ろ**エミリーディキンソン**が抜け出して馬場の真ん中を通ってやってくるさらに外から**ジークムントフロイト**上がってくる内を突いた**レオナルドダヴィンチ**しかし伸びない**レオナルドダヴィンチ**しかし伸びない届かない**ポールマッカートニー**はまだ来ないまま残り二〇〇を切った**ウラジーミルナボコフ**先頭一馬身のリード外から**ナポレオンボナパルト**二番手さらに外から猛然と**フリードリヒニーチェ**上がってくる上がってきた**ジャンポールサルトル**内からすうっと抜け出したが**フリードリヒニーチェフリードリヒニーチェフリードリヒニーチェ**追い上げ並んだ**エミリーディキンソン**か**フリードリヒニーチェ**か**エミリーディキンソン**か**フリードリヒニーチェ**か**エミリーディキンソン**逃げ切ってゴールイン二着

は**フリードリヒニーチェ**。

そのようにして十文字の名前のリストを手に様々な実況のパターンを試し、世の中から隔離されたような自室で夜明けを待った。今後、十文字の馬が実際にレースに出走することになったとしても実況は問題なくできるだろう。朝日だけで本の字が解読できるようになったころにはそんな手応えを得ていた。問題なくできるだろう？　問題なくできるだろうが幾度となく十文字の名前を呼んでもその名前から具体的な馬の姿を思い浮かべることができないのはやはり問題だった。**レオナルドダヴィンチ**と言えば**リザデルジョコンド**の意味深な微笑が脳裏をよぎり、**ポールマッカートニー**と言えば**ジョンレノン**の隣で弾き語りをするイギリス人が瞼の裏に流れてくるというのは大問題だった。

そういうことであればそれらは馬の名前ではないのだ。

馬の名前ではないのだ。

十文字の馬はどこにもいないのだ。

乗れ。

声は途切れぬまま昼が夕べに姿を変えてゆくあいだに、ヒは獣の毛が白かった理由について考えた。まず推論したのは、それは本来天上を住処とする生き物であり、地上に降り立つ過程で分厚い雲をくぐり抜けなければならなかったからではないか、というものだった。もともと天上にいた獣は地上の獣とは異なる摂理で行動していて、だから群れから孤立していたし、走っていたのは彼を脅かす別の獣から逃れるためでもなかった。では何のために走っていたのか？　知るためだ。己の走力の限界がどこにあるかを知るためだ。その獣は体力を温存するより己の速度を試すほうを優先するのだ――というのが、その日のヒが最終的にひねり出したひとつの結論であった。

ヒの頭の中はいつでもありとあらゆる具象と抽象が手を取り合って体を絡ませ歩くリズムに合わせてダンスした。にもかかわらずヒは文字を思いつかず、情報を保存する紙のことも、外付けハードディスクのことも思いつかなかった。同時代の別の場所に存在した人間の中には、獣から取れる脂肪と血を、土や炭と混ぜて塗料とし、獣の毛を用いて洞窟の壁に絵を描く者がいた。もう少し時間が経つと、先の尖った葦を用いて点と線を粘土板に刻む者が現れる。しかしヒは、浮かんでは消える想念を形あるものに移し替えるというコンセプトそのものに、三十年あまりの生涯でついに到達できなかった。アイデアの尻尾はつかんでいたのに、あと一歩知恵が足りないことで行為に結びつくには至らずに死んだ。

乗れ。

もしこれが他人の声だというなら、一体どこの他人が、どのような目的で自分に向かって話しかけているのか？　隠れていないで見えるところに出てくれれば話は早いのに、姿さえ見えればまともに取り合う気になれそうなものなのに、そいつがそうしないのは何か事情があるのか？　恥ずかしがっているのか？　それともそいつの体はとうに滅んでみすぼらしい魂だけになっているせいでこの目に見えないようになっているのか？　あるいは目に見えない場所にいる精霊が話しかけているのだがそんな精霊の声を聞き取るための耳をあの獣がヒの体に取り付けていったからもしも今から川の水面にヒの姿を映したのなら新しい耳を見ることができ耳の向いている方向を辿ればその先に精霊が待っているということなのか？

そうして声の正体について考えるだけでいくつもの夜をひき裂き昼をひきずり、頭が火の中へ放り込まれたように熱を帯び始めたとき、

「おまえは声が聞こえるか？」とヒは訊いた。

「なんのこえだ」とビが言った。

「聞こえないのか？　あの獣の話をする声だ。夜を眼にして横に倒れて走る木の獣の」

「『きこえないのか？　あの獣のはなしをするこえだ』。これはおまえのこえだろう。おまえのしゃべったこえはきこえているよ。あとぅは誰もしゃべっていない」

ビはもともと丸まっている背中をさらに丸めてもごもご答えた。ビは、一突きで仕留められなかったせいでところどころに獣自身の血が飛び散った獣皮で体を覆い、息をするのに必要最

小限の鼻孔の端だけ外に出していた。厳しい寒さを生き延びるため、途方もない時間をかけて進化したビの鼻は、ほっそりして先の尖ったヒの鼻根よりも大きく横に広がっており、ヒの三倍ほどの酸素を体内に取り入れることを可能にしていた。ビが呼吸をすると、それにぴったり合わせて獣皮も動いた。死んだ獣からひき剝がしてきた毛皮は、生きた獣に張り付いていたころのようにビの肌の上で生き生きと動いて、命あるもののように毛を夜風になびかせた。

「虫がないているのはきこえるが虫は獣のはなしをしていない」ビが獣皮の内側から言う。ビの言うように、ヒとビの血と汗の匂いにひき寄せられた虫たちが、周囲でうごめきめいめい鳴いている。「おまえの耳の中に入っている虫がなにかをしゃべっているんならそいつは自分の耳には入ってきていないし、虫からしたら獣もおまえもおんなじ獣だろうよ。きのう川のひがんにねおきしているおんなのにおいのするおんながいたが、おんなは川の魚をとぅていた、それだから自分もなるべく大きな魚をとぅて、その魚をおまえのものにしてもいいからそのかわり自分をおんなのなかにいれてくれないかとぅいった、自分の名前はビだ。おまえさんからおんなのにおいがして、風がおんなのにおいをこの自分の鼻先まではこんでくるので自分の三本目の足が手のつけようもなくはれあがってしまうとぅいって、今にも中身がとびでてもふしぎはない三本目の足を見せたが、おんなは自分のことぅばがわからず、おんなは横にしたひとぅ三十人は離れたとぅころにいた、三本目の足に虫がとぅんできて、虫にかまれた三本目の足のいたみが今もひかないんだから自分はもうねるよ。自分はあのおんなのにおいをおぼえているし、おぼえているうちはどぅしたっておんなに入らなければとぅおもうし、おんなのなかに入っておんなのにおいをかぎながらいきたいとぅおもうし、おまえのしゃべることとぅはおもしろいからおまえのしゃべることとぅばが好きだ。次におきたとぅきも自分のとぅなりにはおまえが今みたいにそこにいて、なにかしゃべってくれたらいいなとぅ思いながらねむるんだが――」

「はくし」

ヒはくしゃみでビの話を遮ってから、「ああそうだな、もうわかったからおまえは今すぐ口を閉じて眠れ」と言った。

ヒはビが話し始めると大抵、望んだとおりの会話にならないストレスのために頭が痛んだ。ヒは幼いころに、死んだ仲間の頭を叩き割って中身を見てみたことがあった。後に君たちが脳とか脳髄とか呼ぶことになるそれの中身は、ぬめぬめした幼虫がひしめいているみたいに見え、だから頭が痛むときは中で幼虫が這いずっているのだろうとヒは考えていた。そして自分の中にいる幼虫とは違い、ビの頭の中の幼虫は成長して蚊になっているために、話はでたらめに飛びまわり、一度飛んだら元の地点に戻って来ることがなくひとつの議題を深められないのだ。ビの最大の関心事といえば三本目の足の置き場なのだったが、ヒにとってそれは移動する助けにもならない出来損ないの足に過ぎない。それはヒにとっては足ですらない。一本目の足と二本目の足とは役割も仕組みも異なっているのでヒがそれを足と定義することはあり得ない。ビの言う三本目の足――つまり二本の足のあいだにぶら下がった雄性生殖器はヒにはどうでもよい肉である。なぜなら雄性生殖器はいくら膨らもうが膨らみかたに注視すべき差異はないからで、うまいことおんなに滑り込ませようが首尾よく溜めこんだ中身を放出して体がすっきりと軽くなろうが、結局はしぼんで元に戻るだけだからだ。ただ同じことが繰り返されるだけで発展も連続性もないしようもない肉叢《ししむら》の切れ端に、寝ても覚めても支配され続けるビのことをヒはさげすみ頭を抱えた。けれどこのときばかりは頭の痛みよりも、幼虫がひとり残らず去ってしまった後のぽっかりとした空洞のような孤独感がはるかにまさった。

ヒが考えたいのは、雄性生殖器から取り出した中身が結果的にこの世界に何をもたらすか、であった。なぜヒがここに在るのに対して日は通り過ぎていくのか、であった。ビがどこからやってきて、どこまで行けば美やBeingやよりよきBeansを見つけられるか、であった。ヒは目に見えず手に触れられもしない、在るか無いかも定かでないものについて他人と話し、分かち合うことによって、それが自分の頭の外にもたしかに存在し得る何かだという確信を得たかったが、実行するだけの適当な話し相手をついぞ見つけられないのだった。もし然るべき時間と場所さえ与えられていたら、ヒは**ソクラテス**のように後の時代まで語り継がれ、数万年後の世界の中のインターネットの中のWikipediaの中にヒのページが作成され、ヒという人物の存在があるいは君にも何らかの影響をもたらしたかもしれない。しかし現実問題としてヒの話し相手はある時期からビひとりに限られていて、なおかつビは**プラトン**ではなかったため、ヒは質問役と反駁役と検証役その他必要な役柄を、ひとりでひき受けるしかないのだった。そしてこのようなひとり数役の思考習慣が、とりもなおさず自分の声と他人の声との区別を困難にしている要因でもあった。結局のところ、ある人間の頭の中でいかに革新的な発想が生まれようと、根気強く話を聞き評価する他人が偶然近くにいないことには、哲人は暇人でしかなく、科学者は異端者のままで永遠に地球はまわらずじまいなのであった。

「とすると、これは精霊の声なんだろう。そのとおりだ。ヒはついに精霊の声を聞いたのだ」

ヒは例によって例のごとく、自分自身とするための会話をひとりで行なう。しかし思いがけず、

「せいれいか」と寝息を止めたビが返事をする。「せいれいがおまえに何をいっているんだ」

「**乗れ**」とヒは言った。

到底話が通じるとは思えなかったが、しかしヒは精霊の言葉をいちおうビにも教えておくことにした。万に一度くらいの確率ではあるものの、ヒには思いつかないような素晴らしいアイデアをビに教えられたことがあったからだ。たとえばヒとビが日常的に飲んでいる黒い液体である。白い花の咲く樹木に成る赤い実を取って割ると、中から枯れかけた葉のような色をした、真ん中に一本線の入った豆が出てくる。その豆を火にかけ黒くなるまで熱したものを、可能なかぎり細かく砕き、粉状にしてから水を振りかけておく。すると豆に溶けた水は黒色になり豆の成分が抽出されるのだが、これは元々ビが単独で発明した飲料であった。ビから「すばらしい液体だ」と渡されたその吐きそうになる苦く黒い水を我慢して飲み下してみると、ヒは何と

も良い気持ちになって、まるで一度死んで生まれ変わったかのように頭がクリアになり力がみなぎり、斬新なアイデアが生まれ、眠りさえ遠くなるのだった。目覚めの一杯をこの黒い液体で始めるときの、複雑な香りが舌を触り喉を滑り鼻に抜けていくあの一連の、得も言われぬ感覚を、ヒはああでもないこうでもないと数年悩んだ挙句、ついに「幸せ」と名前を付けた。

「声が始まってから日が十回過ぎた」木を削ってこしらえた水筒の中の、ウッディなフレーバーのついた黒い液体をちびちびやりながら、ヒはビに向かって話し続けた。「いや九回か？そうだ九回だ。精霊の声なら従ったほうがいい。なぜなら精霊は万物の根源だからだ。だがあの獣に追いつくだけの足がヒにはない」

「おまえはほんとぅにおもしろい」とビは言い、眼窩上の出っ張りに獣皮を引っかけてできた隙間から顔を出してヒを見た。ヒの眼窩上にはビのような隆起はなくつるりと平らかで、額から流れ込んだ月の光がヒのやつれた瞳に白い輪をつくっていた。

「おもしろいが風をつかまえられないのとぅおんなじで、獣よりもおそいおまえがおまえよりもはやい獣をつかまえられはしないだろうし、ああしかし、ねむった獣のうえならのれるかもしれないな、獣のみるゆめは――」

ビの的外れな返答がヒをさらに孤独にした。少しでも孤独から逃れようと、

「いいか」とヒは絶叫した。「いいか、今からそのくだらん頭の中身をいったん全部取り出して、隅から隅まですっかり取っ替えちまうのだ。いいかよく聞け。おまえが足の動く限り遠く

へ行こうと、三本目の足を数え切れないほどのおんなに入れようとおまえのように弱く遅い不完全な人間が増えるだけで何にもなりはしないのだ。おまえは今から眠って目が覚めたらヒが乗るためのいっとう速い獣をつかまえてくるのだ。そうか、今わかった。おまえがなぜここにいるのか、ヒを孤独にすることがビの存在理由なのか、前々から不思議で不思議でしかたがなかったが、おまえがここにいるのはヒを獣に乗せるためだったのだ。ヒは獣に乗りたい。おまえはヒを獣に乗せることに、精霊が与えた残りの時間のすべてを使え。いいか、彼らは人を乗せたことなどないし、我々を乗せる義理もメリットもない。しかしもし万が一、一万回試してたったの一回、獣が我々を乗せて走ることがあったとして、それは絶対にないわけじゃない、それがたった一回でも起こるとすれば――」

「おまえのしゃべることとぅが自分にはちっととぅもわからん」

ビはヒの声の大きさに錯乱し、涙で湿った獣皮の中で声にならない声で言った。

ビは孤独を知らないわけではなかった。孤独がまだビの中で概念化されていないだけで、本当はビの背にはヒの孤独などとは比べものにならないほどの孤独が重くのしかかりビの背についた骨と肉を丸めているのだ。ビの記憶の中の死が二十億光年ぶんの孤独とともにビの体を覆う死んだ獣の皮の内側まで一気に押し寄せ、息が詰まり口も鼻も使い物にならなくなった。毛皮一枚隔てたところに差し迫る死の気配を、ビは言葉によってはね返そうとした。しかし言葉は声になる前に喉元からこぼれ落ちていつかの月夜の晩に誰かに拾われるまで何の役にも立たなかった。

「これはおまえの一本目の足と二本目の足と三本目の足にかかわる問題なのだ」ヒはビの孤独にかまわず続ける。

「おまえは三本目の足の置き場を求めてそれを受け入れる女を求めて日がな一日、一本目の足と二本目の足と三本目の足を頼りに歩きまわっている。**乗れ**。ああ、乗りたい。しかし仮に虫に噛まれたところが腐り始めて三本目の足を失ったならばおまえはいったい誰なのだ。**乗れ**。そうだ、我々は乗る。おまえは本当は何を求めているのだ。**乗れ**。乗る。何かを求めておきながら、その何かが自分をどこへ連れていくのかを、なぜ考えずにいられるのだ」

自分の喋る声と何とも知れぬ声とがせめぎ合い、ヒの頭の中を白く覆い始める。

乗れ。


結局一睡もせずに朝日を部屋に迎え入れてから仕事に出かけたその日は、分刻みのスケジュールで都内のオフィスを六軒回らなくてはいけなかった。土曜に司会をしている情報番組で流すVTR――「令和の恋愛最前線」と題した特集のためのロケで、撮影はおおむね予定表どおりに行われた。といっても、最新鋭のデーティングアプリもマッチングシステムも、「十文字」

の前では何もかもがどうでもいい話だった。相性の良い他人同士を効率的に結びつける手助けをするのに、なぜ自然環境を破壊してまで立派なオフィスを構えたり膨大なヒューマンリソースを割いたりする必要があるのか――わたしは内心でそんな過剰な悪態をついて精神のバランスをとりつつ、応対してくれた人たちの話に興味深そうに耳を傾けたり、適切なタイミングで相槌を打ったりした。幸い、彼らは皆とても単純な人たちだった。幸福な一対の男女を世の中に増やすことが正しい社会貢献なのだと心から信じ、孤独な人間には心から同情していた。旧弊的な価値観を重んじる人々の話はわたしを呆れさせることもあるけれど、その代わり複雑な思考力を要求しないので睡眠不足の日に聞くにはうってつけだった。毎日でも彼らを相手に仕事をしてもいいくらいだ。

撮影クルーの一行がＤＮＡに着いたとき、夜の八時半を過ぎていた。代々木上原の奥まった細い路地の一角に、その三階建てのオフィスはあった。予算を削れるところまで削った市民体育館みたいな建物のアプローチには、十四ほどの野良猫が座り込んでいた。社員が餌でもやっていて溜まり場になっているのだろう。やくざ映画に出てきそうな人相の猫たちと、マフィア映画に出てきそうな人相の猫たちが二手に分かれていた。ＤＮＡはその日訪問した企業の中でも一番規模が小さく、社員の多くは既に退社していた。

わたしたちを出迎えた社員はひとりだけだった。しかし彼女はそこにひとりで立っているだけで簡単に我々を圧倒した。最初、わたしは何に圧倒されているのかもわからないままにただ圧倒されているという状況に身を置いていることしかできなかった。でも時間が経ってだんだんと状況に慣れてくると、圧倒の原因が彼女の背の高さと、異様なまでの左右均等さにあるようだとわかってきた。左右の目の睫毛の本数から、左右の膝蓋骨の大きさに至るまで、寸分の狂いもないように思えた。服屋のマネキンのような非現実的なプロポーションは、周囲の空気の濃度や見る者の遠近感覚をも変容させていた。その頭の向こう側には存在しないバスケットゴールのリングがあり、彼女が軽く手首を返すだけでネットにボールを通す幻影が見えるようだった。

「お待ちしておりました。株式会社DNAの広報担当、根安堂太陽子と申します。お待ちしておりましたとも。本当に、心より、この首を最大限に長くして、ここで長らく、お待ちしておりました」

彼女は水分をたっぷり含んだ灰色の瞳で我々を見下ろし、仰々しく言った。クルーの全員に配られた名刺には、

根安堂　太陽子　Neando Taiyoko

とあった。わたしはもちろん名前の字数を真っ先に数えた。ボールはネットを揺らすことなく真っ直ぐにわたしの心に落ちてきた。

ディレクターが名刺と彼女の全身を交互に見ながら、

「ネアンドウ、タイヨウコ、さん……珍しいお名前ですね。背もめちゃくちゃ高いし、何だか日本人離れした素晴らしいスタイルで。失礼ですがお国はどちらなんですか？」と言った。相

手の外見や名前が日本人らしくないとき、まず国籍を確認して、漠とした不安感を取り除いておくのが彼のいつもの癖だった。

「日本人です」彼女は左右の目尻を均等に下げて答えた。「生まれてこのかた日本人であることにも日本国民であることにも同意したことはないのですが、気が付いたら日本人ということにされていて、日本語を喋っていて、日本の法律を守らなくてはいけない状況が私を取り囲んでおりました。大多数の日本人がそのような立場に置かれているとは思いますけれど、まあ念のため」

「ああ、うん？　イヤイヤ……」

返答に困ったディレクターが妙な相槌を打つと、根安堂太陽子はふと天井の方に目をやり、見えない蛾を追うようにしばらく眼球を動かした。そして奇妙な光を集めた目を彼に向け、

「**タニカワシュンタロウ**の『**芝生**』という題の詩はご存じ？」と言った。

「し？」

「詩です。ポエムです。**そして私はいつか**」

根安堂太陽子は乾いた音を立ててディレクターの眼前に立ちはだかった。音の正体は**ヴィヴィアンウエストウッド**のロッキンホースのヒールが床を蹴る音だった。彼女は両手を後ろに組み、二十センチほど下にいる彼と目の高さが同じになるように腰を屈めると、まるで心ある教師が対等な態度で生徒に話しかけるように優しく口を開いた。

そして私はいつか
どこかから来て
不意にこの芝生の上に立っていた
なすべきことはすべて
私の細胞が記憶していた
だから私は人間の形をし
幸せについて語りさえしたのだ

詩の暗誦を終えた彼女は姿勢を正し、再び我々を遥かな高みから見下ろした。**不意にこの芝生の上に立っていた。**それはどこの芝生だろう。わたしの頭の中に、馬も人もいない、夏の東京競馬場の乾いたターフと、コース内側の楕円の空白が拡がった。

「私が日本人である状態を言い表した詩です。ご参考までに」と彼女は言った。

「ええ、ああ、イヤイヤ、不勉強なものですみません、詩なんて読んだことがなくて」とディレクターは言った。

「詩を読んだことがない?」彼女は一瞬俯《うつむ》き、両方の鼻の穴から勢いよく鼻息を噴出させた。

「そのようなことは絶対に有り得ません。あなたも誰かの名前を呼んだことくらいあるでしょう？　名前は人間が人間に与える最初の詩なんです。その人間に一生ついてまわる詩です」

「名前？　名前が、詩？　ですか？」

「はい。名前は詩であり、名前のついたものはすべて詩です。私は詩です。あなたは詩です。こうして今、詩が歩いたり、労働したり、喋ったりしているわけです。あまりに見慣れた風景なので一見そんなふうには見えないかもしれませんが、実際そうなんですよ。玄関にいた猫たちをご覧になりました？　彼らもまた、当社の社員によってひとりひとり名前がつけられていますから詩と見なします。ＤＮＡでは名前や詩というものをそのように定義しています。そして代表の意向によって当社ではより美しい名前の応募者を積極的に採用しているんです。これは他ではあまり見られない独自の社風かもしれませんね。根安堂太陽子も社内ではごく平凡な方の名前です。ちなみに代表の根安堂は私の伯母ですが、下の名前を千日紅といいます。根安堂千日紅」

　代表の根安堂千日紅については、番組のスタッフから渡された資料で事前に知っていた。検索すれば顔の画像もいくつか見ることができる。シルバーの細いフレームの眼鏡をかけていることが唯一の特徴ともいえる、これという特徴のない顔の女だ。名前の印象が強すぎるせいでそう見えてしまうのかもしれない。眼鏡は地味な顔立ちに自然に馴染んでいて、眼鏡のない顔をイメージすることは難しい。そして彼女の名前と顔は、大抵はネガティブな意味の推測ワードや記事とともにインターネット上に刻まれていた。

ＤＮＡが提供するサービスの大要は、会員の血液から採取した遺伝子情報と、家系図の二点によってマッチングを行なうというものだった。入会の条件は生殖能力を有していること。結婚の意思があるかどうかは特に問わない。

元々ひっそりと活動している組織だったので知名度は低かったのだが、十年ほど前にちょっとした炎上騒ぎがあったことでその社名は一部で知られるようになった。「愛を血で選ぼう。」とのキャッチコピーが極めて優生思想的であるとして、嫌悪感を伴ってＳＮＳで拡散されたためだ。問題となったキャッチコピーは即刻取り消され、現在は「血の果てまで愛そう。」「愛の血図あります。」という、いかようにも弁明可能な言葉遊びに変更されている。前者のキャッチコピーが燃え、後者が黙認されている状況をどう理解したらよいのかわからないが、とりあえずＤＮＡはここ十年、目立った問題は起こしていないようだった。そもそも人目につくようなプロモーションは行わず、広告も打たず、ＳＮＳのアカウントもつくられていなかった。そして代々木上原の小さな事務所で細々と、しかし確実に会員数を増やし続けているという話だった。

三階の会議室へと通されると、渡されていた台本通りに撮影が始まった。その日はずいぶん疲れていたし、ＤＮＡの映像が実際に番組で使われるのはせいぜい一分か一分半だろうという見立てもあり、全体的に撮影スタッフの士気も下がってきていた。マイクと照明とカメラが、向かい合わせで座る根安堂太陽子とわたしを無気力に取り囲んだ。

「こちらが、――様の遺伝子型のカルテになります。今回はＴＶ用に簡略化したものになりますが」と太陽子はタブレット端末を差し出して言った。

「それでは早速見てまいりましょう」わたしはカメラ目線で言い、「なんだか少し緊張しますね」と独り言風の台詞を喋った。少しも緊張などしていなかったがＴＶショウには必要な台詞だ。視聴者の注意を促すためのこうした言い回しはアナウンス部の新人研修でみっちり叩き込まれるので、意識せずとも自然と口から出てくるようになっている。

わたしはタブレットをカメラの方に向けながら、ゆっくりと指で画面をスクロールした。個人情報保護のため、編集時にはモザイクをかけるから何の意味もない行為だが、カメラはセオリー通りにタブレットの画面をクローズアップした。そこには、わたしが一カ月ほど前に指定のクリニックで受けた検体検査の結果が表示されていた。「ＮＭＤＡ受容体遺伝子」だの「ＡＬＤＨ２（２型アルデヒド脱水素酵素）遺伝子」だの、見慣れぬ専門用語とアルファベットと数字の羅列がわたしを構成する遺伝子の全容ということらしかった。

「画面をスライドしますと、当社がご提案する遺伝子型のリストをご覧いただけるようになっております」と彼女は言った。「今回はひとつのサンプルとして、『健康寿命の長さ』、『アルコール依存症の発症率の低さ』、『東京大学への進学率の高さ』という三つの幸せの指標をランダムに設定し、候補を出させていただきました」

「東京大学？」

「ひとつのサンプルです」

人形使いが頭の上で糸を引っ張っているみたいに、根安堂太陽子の左右の唇の端が同時に持ち上がった。

「日本大学でもＭＩＴでも開成高校でも、あるいはジュリアード音楽院でもパリオペラ座バレエ団でもロイヤルカレッジオブアートでも、会員様のご希望に応じた遺伝子型を、あくまで当社の独自の算出システムによってですが、ご提案させていただいています。東京大学の場合ですと、主に記憶力と集中力にかかわる遺伝子を重視して見ることになります。ただし、東京大学の入学試験の形式は将来的に変更される可能性もありますので、記憶力と集中力が必ずしも有利に働かないかもしれません。そのあたりは会員様ご自身で勘案していただく必要があります。とはいえ、東京大学への進学率は未だに根強い人気があるのは事実です」

「へえ」

「一昔前の例を挙げますと、健康寿命の長さよりも瞼が二重であるとか、ほどよい痩せ体質であるとか、外見的な要素を幸せの基準に据えられる会員様などもそこそこ多かったです。最近だと共感能力やコミュニケーション能力の高さ、なんていうのも人気の型となっております。これは、人生における幸福度が交友関係の幅広さと密接に関連していることが最新研究により明らかになってきているからだと思われます。ご存じの通り、何をもってして人間が幸せであるとするかは時代状況によって変化いたします。しかしいずれにせよ、ＤＮＡでは会員の皆様と幸せについてとくと語り合い、入念なヒアリングを行うことを基本方針としております。そのうえで、当社の創設より蓄積された四十五年分の遺伝子データを基に最新の人工知能を活用し、よりニーズに沿った遺伝子型の、最適な掛け合わせをお伝えしております」

「遺伝子型の最適な掛け合わせ……というのは、つまりパートナーの方との相性のようなものと考えてもよろしいのでしょうか?」とわたしは質問した。TVショウ用の質問。

「違います」彼女は首を振り、左右の髪を均等に揺らした。「パートナーの方との相性のようなものは、当社では一切考慮に入れておりません。今いちど強調しておきますと、DNAの提供するサービスはいわゆる『好みの異性』や『条件の良いパートナー』をご紹介するものではございません。当社がお伝えするのは、あくまでお相手との掛け合わせによって生じる『結果』のほうなのですね。要は、会員様がどのような遺伝子型と生殖行為を行なえば、よりご希望に応じた遺伝子型をこの世界に存在させられそうか? ストレートに申し上げますと、そのような情報提供を行なっています。パートナーの仲介業とはまったく異なりますので、誤解のないようお願いいたします。我々の経営の本質は、あくまで『結果』の情報提供ですので」

「『結果』の情報提供」

「さようでございます。タブレット画面上のリストをご覧になり、気になる『結果』の遺伝子型があるようでしたら、遺伝子診断士のほうからあらためて詳しいご説明とアドバイスをいたします。つまり、**人類の健全な発展を図り、人類の改良増殖、その他人類が存在する世界の振**

興に寄与するために必要なご進言をさせていただきます。少々専門的な話も入ってきますが、幸せについて語り合うことはもっとも重要なフローとなりますので省略はできません。

その後、会員様双方が対面をご希望された場合に、遺伝子診断士も含めた面談へと進みます。当社が関与するのはそこまでです。面談した会員様同士が、実際に生殖行為、または婚姻といった段階へ進まれる場合も、成婚料のようなものはとくにいただいておりません。費用としていただくのは、入会料と情報提供料を含めた月会費、退会手続き料のみです。また、もしDNAの会員様同士でめでたく『結果』をご出産された場合、『結果』の遺伝子情報のご提供、および追跡調査のご協力をいただくようお願いをしております。社のサービス向上のためです。もちろん強制ではございませんが、ご協力いただいた会員様には、逆にこちらから情報提供料をお支払いするといった仕組みもございます」

根安堂太陽子の話はまだ終わりそうになかったが、わたしは一瞬の隙をついて、

「なるほど、しかし」と口を挟んだ。彼女が「結果」「生殖行為」「人類」と発言するたびにディレクターがわたしに送ってくる不穏な空気をひとまずなんとかしたかった。

「実際のところどうなんでしょう、その、カップルの誕生率というのは？　遺伝子情報でのマッチングということで、何かとトラブルも多いんじゃないかなと想像してしまうのですが。当然、遺伝子だけで人生が決まるものでもないと思いますし」

「カップル誕生。おもしろいことぉばですね」彼女は眉間に深い縦線をつくり、こめかみを押

さえた。話を遮られたことにかなり苛ついている様子だった。「当社では実際に会員様同士が対面された際に、『やっぱりこの人では嫌だ』という話にはほぼなりません。まず、ＤＮＡに入会されるお客様というのは、基本的に目的意識が高く、非常に理性的、論理的な思考をされる方が多いのが特徴です。そればかりでなく、新しい遺伝子型を世界に存在させることに対し、はじめから強い責任感を持っておられます。人間の直感や愛情の深さといった主観的判断が、まったく当てにならないものであると過去の歴史から十二分に学ばれた方ばかりです。その上で、偶然性と不確定要素によって生じるあらゆる災いと後悔を取り除くことに、心を砕いていらっしゃいます。たまたま与えられた社会状況や生まれつきの容姿によって——通俗的な言い方をすればモテる／モテないによって——遺伝子が淘汰されるかどうかが決定される、このような異常状態は人類の進化の可能性を潰すことに他なりません。

会員の皆様は、人間とはそもそも不完全で、常に判断を間違え得る愚かな動物であるという前提に立って行動されています。そして、目先の個人的な愛に盲目的になるのではなく、より長期的で広範な意味での世界全体への愛と幸福を、人類を代表して具現化してくださっているのです。おわかりでしょうか？　ＤＮＡでは、恋愛感情やら性的欲求やら承認欲求やら自尊感情やらの保持を優先するばかりで、自分本位な快感情がもたらす『結果』に頓着されない方々のことを、押しなべて馬鹿未満と呼ばせていただいているのですが——」

「失礼、何とおっしゃいました？」わたしは思わず訊き返した。これはＴＶ用の質問ではなかった。

『馬鹿未満』です。当初は『馬鹿』だったのですが、単なる当て字とはいえ、それではお馬さん方に失礼ではないかという意見が出まして『馬鹿未満』になりました。正式な社内用語になります。オキシトシンの分泌量を愛と取り違えていらっしゃる方々。ただの偶然のことを運命や奇跡などと呼んで、人生に安易な意味づけを行なってしまう方々。TV局が制作するロマンティックな恋愛ドラマの類を真に受けて、愛と結婚生活と生殖行為と幸福をひとつながりで捉えてしまう、批判的思考力に乏しい方々。どのような運命が待っているにせよあるがままを受け入れる、Let it be こそが Words of wisdom であると自己弁護しながら思考停止をされている方々……こうした馬鹿未満の皆様が為される無計画な創造活動によって人類が停滞することを、DNAの会員様は非常に憂えておられまして――」

「イヤイヤこれはちょっと止めましょうか」

数分前からわたしに無言の合図を送っていたディレクターがついに立ち上がって言った。彼は手の中で丸めた台本を、向かい合う太陽子とわたしの間に入れた。

「あのー、ああ、こちらの会社の経営理念と言いますか、というか今回の取材内容と言いますか、なんだかどうも、番組の趣旨からずれてきているようで」

「ええ、そうでしょうとも」彼女はさらりと言った。返事をしている先はディレクターのはずなのに、なぜかわたしの目をじっと見ながら。

「そもそもご依頼の段階でスタッフの方には何度もご忠告差し上げたんですよ。DNAは『令和の恋愛最前線』で取り上げていただくような会社ではございませんと」

「イヤイヤ大変刺激的なお話を聞かせていただき、誠に残念なんですが、しかしあんまり過激な話をされますとね、スポンサーに怒られちゃうんですよね。TV局の人間にとってスポンサー様は神様仏様なものでして、情けない話ですがちょっと、うちの者のリサーチ不足で」

「もちろんこちらは構いませんよ。視聴者に誤解されてはこちらも不利益を被りますので。TV局で働く局員の皆様、本日は遅くまでご苦労様でございました。どうぞTV局員の皆様、これからもTV局員の皆様の信じるスポンサー様のご機嫌を、一生懸命とられてください」

根安堂太陽子は立ち上がり、長い腕を前に伸ばして部屋のドアに向かって中指を突き立てた。顔からは左右均等の笑みが消え失せ、目にはまだらな暗い影が落ちていた。


撮影スタッフは駐車場に停車したバンに撮影機材を運び入れ、ディレクターは「イヤ参ったね、いるところにはいるんだなぁ、ああいうイカれてるのが」とぶつぶつ嘲笑まじりにぼやきながらバンに乗り込んだが、わたしは乗車せずに「歩いて帰ります」と彼らに伝えた。DNAの事務所から駒場のマンションまでは歩いて二十分もかからない。わたしは根安堂太陽子と駐車場の隅に並び、クルーが局に帰って行くのを見送った。もうすっかり夜が更けているはずなのに薄っすらと雲の形を目がとらえたのでふと空を仰ぐと、怖いくらいに巨大な黄色い月が場違いな太陽のように浮かんでいた。

「詩は読まれます？」

太陽子は独り言のようにぽつりと言った。彼女もまた、眩しそうに手の平で日除けをつくるようにして巨大な月を見上げていた。

「読まない」と言いかけて、「そういえば昨日、たまたま**エミリーディキンソン**を見つけて読みましたよ」とわたしは言い直した。「でもあまり理解できなかったな。どうにも文学的なセンスがなくて」

「**My Maker - let me be**……（創造主よ、お願いです）」

彼女は小さな声で、詩らしきものを暗誦し始めた。

「**Enamored most of thee -**（私を夢中にさせて）/ **But nearer this**（でも今よりも近付いたら）/ **I more should miss -**（もっと恋しくなる）

詩を理解する必要なんてありません。センスなんていうのは『センスがいいね』と言い合いたい人たちのための言葉であって詩には関係がないから。でもせっかく人間として生まれ、たまたま人間の言葉を覚えたのなら、詩を読むに越したことはない。なぜなら我々人類をこんなところにまで連れてきたのは、他ならぬ言語だからです。その言語が理解不能であればあるほど、より遠くへ行くための駆動力になります。だから詩を読まないというのは人生の大きな損失です。人類の大きな後退です。私はそう思います」

「言語？」

「そう。映画の歴史を考えてみて。映画も映像言語という一種の言語、動く絵で書かれた詩です。初めて**エドワードマイブリッジ**が動く馬をとらえ、工場の出口から労働者と馬が出てきてから、サイレント映画には音がつき、白黒はカラーになって、ＣＧや３Ｄやら人間の視覚をはるかに超えた映像技術が発達した。高画質と高音質に慣れた人たちは、既に白黒のサイレント映画を二時間集中して見ていることができない。色と音のない世界の退屈さに耐えられず居眠りを始めてしまう。**ジョルジュメリエス**も**ＤＷグリフィス**も**フリッツラング**も**ＦＷムルナウ**も**ジョンフォード**も**セルゲイエイゼンシュテイン**も、彼らの物語の筋を追える人は既にいなくなりつつあります。『香《かおり》も高きケンタッキー』を見せたところで、そこに馬を見出せる人間などほとんどいない。画面左上に静止した馬を置き、その下に白いテキストを並べる以上のVisibilityがなければ、表現として稚拙だと思い込んでしまうんです。大きな勘違いです。だって『香も高きケンタッキー』の公開当時の観客は暗闇に浮かぶテキストがあれば何も不足はなかった。観客は馬の言葉を馬の言葉として受け入れることができた。かつて難なくできていたことができなくなるのは進化ではなく――退化でしょう？

言うがよい、わたしの兄弟たちよ。われらから見て、劣悪なこと、最も劣悪なこととは何か。――そして贈り与える魂が存在しないところには、いつも退化の起こることをわれらは推測する。われらの道は上にむかってのぼる。種から超種へとのぼる。今よりももっと速く、もっと遠くまで行ける乗り物をつくったり、今以上に快適で便利な道具を生み出したりすることは、必ずしも人類を進化させはしない。我々はどこかの地点で進化の順序を間違えた。今後いくら人口を増やそうが知識を増やそうが科学技術が発展しようが、そもそもの言語じたいに立ち返って順番を考え直さない限り、人類は頭打ち。

だから具象語と抽象語を使いこなせるようになったくらいで立ち止まらないで。初めて流れる時間をとらえたときのように、初めて空間を区切って名前をつけたときのように、初めてあなたと私が別の個体であると認めたときのように、我々は我々の言語をもう一歩先へ進めなくてはいけない。たまたま足がついていて、たまたま外に出ていて、たまたま空を見上げるだけの首の可動域があって、たまたま月に何かを感じる心があるのならば、あなたはそれを詩にして、電波に乗せなくては」

「わたしが？」

「あなたが。なぜなら私はあなたの実況する声を愛しているから」

唐突な愛の告白にわたしは驚いて彼女を見た。愛しているから。古代の遺跡から発掘されたような、堆積した土の匂いのする声だった。

「競馬はよくご覧に？」とわたしは訊いた。

「もちろん。うちの社員はみんな毎週見ています。ＤＮＡはそもそもＪＲＡに着想を得て始まった会社なんです。ＪＲＡと、馬事文化を取り巻く諸々の組織の理念を、経営の参考にしています。我々は学びたいのです。より強く、美しいサラブレッドを生み出すという崇高な理想に従事する人間たちから」

「やはりそうでしたか」わたしは可能な限り興奮を抑えようとしたけれど、声が上ずっていくのを自分ではどうすることもできなかった。「さっきの撮影でおっしゃっていたのは、日本中央競馬会法第一条を援用したものですよね？『**この法律は、競馬の健全な発展を図つて馬の改良増殖その他畜産の振興に寄与するため、競馬法により競馬を行う団体として設立される日本中央競馬会の組織及び運営について定めるものとする**』」

「そう。まあ、表立ってそんなことを言ったら『馬と人間を一緒にするな』と世間が馬鹿騒ぎするのは目に見えているけれど」

「はい、きっと炎上し、キャンセルされるでしょう。絶対に公表しないほうがいいと思います。とりあえず今のところは」

「ええ、知っています。今日はあなたが来たから、特別に話したまで」

わたしが来たから？

彼女の発した言葉の意図を考えていると、「アナウンサーというのはいまだに年功序列の世界なの？　あなたはあと三年くらいしないと、ダービーの実況はできないの？」と何の脈絡もなく彼女が言った。

「ダービーの実況なんて、まだまだずっと先の話ですよ」とわたしは驚きながら答えた。「あと二十年はかかるでしょう。年功序列というか、実力の問題もあります。そもそもわたしの実況はあまり評判が良くないんです。正確なだけで臨場感に欠ける、ハートがこもっていない、視聴者が感情移入できないって、先輩からもよくダメ出しされています。いつ降ろされるかって、毎回ビクビクしながらやっているんですよ」

「ねえ、冗談でしょう？　あなたの今日の労働は終了しています。私の労働もついさっき終了した。今、私たちは、仕事抜きの話をしているのよ。私という寄る辺なき一種の生物が、あなたという孤独な一個の生命に話しかけている。あなたが他人に不快感を与えない害のない人間っていうのはもうわかったから、謙遜なんてしないで素直な心で答えてくれない？　あなたよりも実力のある競馬実況者が、どこの世界にいるって言うの？」

彼女の目はいつの間にか月から離れてわたしを見ていた。わたしの皮膚の中の血の色まで見通そうとする目つきだった。

「謙遜じゃありませんよ。わたしの実況は、わたしが求める実況のまだ百分の一にも達していません」

「あなたが求める実況って？」

「申し訳ありませんが、まだそれを言葉で説明することは控えます。でもそれについては誰よりも深く考えてきたつもりです。どのようなアナウンスをすれば馬の着順を正確に伝えられるのか、レースを見ているとき、我々は一体何に感情移入すべきなのか、そもそも馬の順番とは何なのか、勝ち時計とは何の時間のことなのか、彼らの距離とは、速度とは……毎日毎時間、絶えず考え続けている。でもわたしに限らず、完璧な競馬実況に到達した実況者は過去にひとりもいません。

たとえばこれ。

『**ミホノブルボン**先頭でまもなく四〇〇メーターの標識を切る・四〇〇を切る・ここから**ブルボン**未知の世界・ここからは未知の世界・しかし**ブルボン**先頭・**ブルボン**先頭であります・**マーメイドタバン**・**マーメイドタバン**・外のほうから**マヤノペトリュース**やって来た・**マヤノペトリュース**やって来た・まだしかし二馬身から三馬身・残り二〇〇だ・二二〇〇を通過した・**ブルボン**先頭・**ブルボン**先頭だ・**ブルボン**三馬身から四馬身・おそらく勝てるだろう・おそらく勝てるだろう・もう大丈夫だぞ・**ブルボン**・二四〇〇・三馬身から四馬身五馬身リードで逃げ切った』。これは良い線をいっているように思います。何より『未知の世界』というのが素晴らしい。実況が目指すべきひとつの方向性としてあり得る。

『大地が・大地が弾んで**ミスターシービー**だ』これも競馬の本質に触れようとする良い実況だ。

『それいけ**テンポイント**・鞭などいらぬ・押せ・**テンポイント**』

『**サイレンススズカ**だ・**サイレンススズカ**だ・二番手は**エルコンドルパサー**だが離れている・**グラスワンダー**は三番手も苦しい・グランプリホースの貫禄・どこまで行っても逃げてやる』

『**テスコガビー**独走か・**テスコガビー**独走か・ぐんぐんぐんぐん差は開く・差は開く・後ろか

らはなんにも来ない・後ろからはなんにも来ない・後ろからはなんにも来ない』
『**サニーブライアン**だ・**サニーブライアン**だ・これはもう・フロックでも・何でもない・二冠達成』
『**タップダンスシチー**・二四〇〇・逃げ切るとはこういうことだ・魅せてくれた仮柵沿い』
『**ウオッカ**先頭だ・なんと・なんと・六十四年ぶりの夢叶う・**ウオッカ**先頭・牝馬が見事に決めました・**ウオッカ**やったー・**シイヒロフミ**右手でガッツポーズ・これは恐れ入りました』
『これが競馬だ・これが競馬の恐ろしさ・**ブエナビスタ**猛追・**ブエナビスタ**猛追・しかし・しかし・**クィーンスプマンテ**』
『金色の馬体が弾んでいる・**オルフェーヴル**先頭・これを追うものは無し』
『手綱を通して血が通う・**タケユタカ**と**ディープインパクト**』
『世界のホースマンよ見てくれ・これが日本近代競馬の結晶だ・**ディープインパクト**』……

　これらも決して悪くはない。悪くはないんです。でもベストではない。こういった実況を聞いていると、わたしの心には何かとてつもなく大きい、簡単には埋め難い空白が生まれるのを感じる。こういう言い方は正しくないかもしれないけれど、たとえば執筆者の都合によって重要な出来事がすっぽりと年表から抜け落ちた歴史の教科書を読んでいるような気持ちになる。前後のつながりが不明瞭なまま、自分が生きている現在を強制的に受け入れさせられているような……というのが、競馬実況の一リスナーであるわたしの率直な感想です。もちろん人間が相手ならこれでじゅうぶんなんですよ、夢と感動さえ伝われば大体はそこで思考停止してくれる。でも少なくとも、これまでの競馬実況に一〇〇パーセント満足しているサラブレッドは一頭もいないでしょう。本当に馬の順番というものを言葉にしようとするなら、スターティングゲートからゴール板の距離を見ているだけでは全然足りない。彼らに対するわたしの愛は一ミリたりとも伝わらない。年齢、身長、体重、視力、足のサイズ、IQ、年収、精子の運動率、自分を表す数字を片っ端からかき集めて報告したところで、誰かに愛を伝えられはしないんです。彼らがここまで走ってきた道程を、人間が発明した数字などで表現できるわけがない」

「道程、というのは、

ああ／人類の道程は遠い／そして其の大道はない／自然の子供等が全身の力で拓いて行かねばならないのだ／歩け、歩け／どんなものが出て来ても乗り越して歩け／この光り輝やく風景の中に踏み込んでゆけ／僕の前に道はない／僕の後ろに道は出来る／ああ、父よ／僕を一人立ちにさせた父よ／僕から目を離さないで守る事をせよ／常に父の気魄を僕に充たせよ／この遠い道程の為め

の道程？」と彼女は言った。

「そうです」わたしは頷いた。「アナウンス部の競馬担当の中でわたしはまだ一番の若手だ。

しばらくは型通りの実況をしなくてはいけない。下手にやるとダービーに辿り着く前に降ろされかねませんから。でもいつか必ずわたしの理想とする実況を電波に乗せて、本当の順番をより多くの人に伝える。何もかもを最初からやり直す。ゼロからです。誰が聞いても馬が聞いても納得できるアナウンスをする。わたしが彼らのメッセンジャーになる。我々が今、実際に目にしている事象、そのありのままの状況を、わたしが誰よりも早く、正確に言葉にしてみせる。本物の競馬実況というものを世界中の人間に理解させる。それがわたしがここにいる意味です。それが競馬学校やJRAではなく、TV局に就職した理由です。**タカムラコウタロウ**の**魂はいきなり『実況せよ』**という声につらぬかれたんだ」

わたしはいつのまにか、就職面接でも口にしなかったような熱い思いを吐露していた。彼女に語る自分の声を聞きながら、わたしはずっと誰かにその話を聞いてもらいたかったのだと知った。その重要な相手がなぜ出会ったばかりの女だったのかはうまく説明できないのだが、そうして自分の体のもっとも深いところから自然と溢れ出た言葉に、わたしは自分で感動して涙まで流しかけていた。「異常ね」と笑われても何ら不思議はない状況だった。しかし彼女も彼女で灰色の瞳を白黒映画の炎のようにゆらめかせて、

「今あなたが話した言葉は私が聞きたかった言葉です」とわたしの頭に両手を乗せ、腰を屈めてわたしの瞳を覗き込んだ。「初めてあなたの実況を聞いたときはあまりにもショックだった。

四年前の根岸ステークスがあなたの最初のＴＶ実況でしょ？　あのとき、今回から実況は人工知能の類がやるようになったのかと思ったくらいよ。だってどう考えてもあなたの実況は、言葉は、声は、普通ではない。にもかかわらず、インターネットを見てもあなたの実況について言及している人はひとりもいない。その実況の異様さを、誰も話題にしていない。なぜ？　どうしてあなたが世の中からスルーされているのか、私には全然わからない。この世界はどうなってしまっているんでしょうね？　この不可解な状況を、あなた自身はどう受け止めているの？」

「え？　すみません、何をおっしゃりたいのか――」

「第四コーナーを過ぎて最後の直線に入ってから先頭の馬がゴール板を過ぎるまであなたは一度も息継ぎをせずに実況する。普通の人間の肺機能にはまず不可能な芸当です。つまり、あなたは人間ではない。人間の子ではない。あなたは人間の形をした、人間を超えた何か。あなたは、何ですか？」

「わたしは人間ではない？」とわたしは訊いた。

「はい。あなたは人間ではない」と彼女は繰り返した。吸い込まれそうな大きな瞳に、月の光が白い輪をつくっていた。

わたしは彼女が真顔で言う冗談に対し、

「わたしの血液を調べたんでしょう？　わたしの血もわたしが人間じゃないって言っていまし

たか？」と返した。できる限り気の利いた返しをしたつもりだったが、彼女は表情を変えなかった。

「もう一度訊きます。あなたは人間ではなく、何なのですか？」

「一頭でも多くの馬の名前を電波に乗せることがわたしの使命です」とわたしは言葉をつないだ。混乱が混乱を呼び、月と太陽子の手の下にある頭の中は真っ白だったが、日頃仕事で鍛えている空疎な言葉で間をもたせるテクニックがここで役に立った。「でも他のアナウンサーは決してそうじゃない。多くの実況者は、馬の順番を正しくアナウンスすることが競馬実況の正しいあり方だと思っている。各自の方針の違いが実況にあらわれる、ということなのでしょう」

「つまりそれは、私の質問に答えるつもりはないということでしょうか？　ＴＶで見る限りあなたはとても誠実そうな方に見えたけれど、誠実そうに見えるのはＴＶ用に用意している顔のせいなんですか？」

「誠実に答えたつもりでした。イエスかノーで答えを求めているなら、たぶん質問のほうを変えるべきなんです」

わたしはできるかぎり慎重に言った。たしかにわたしは常に誠実でクリーンなアナウンサーであることを視聴者に印象付けるよう会社から教育を受け、その教えを忠実に守るべく努める一サラリーマンではあった。それでもＴＶの中で演技をする役者みたいに彼女から認識されることについては我慢できなかった。常に台本通りの台詞を機械的に喋っているわけではないし、その夜彼女に語ったことに関して言うならば、月に誓って、すべてが心の底からの、もう二度とないと言ってよいほどの真実しかなかったからだ。

「今夜はこの辺で。次のレースも必ず拝見します。私はあなたの実況を愛しているから」彼女は月に同意を求めるみたいにさっと空を見上げて言った。

根安堂太陽子はわたしに背を向け、わたしと月から離れながら会社の方へと戻り、わたしは月に近付きながらマンションに帰った。明日の朝になったら見えなくなっているなんてとても信じられないほどの鮮烈な月の光が本来の暗闇を可視の闇にしていた。その夜誕生したすべての新生児の名前には、きっと「月」の一字が与えられたことだろうとわたしは思い、思いつくだけの月のついた女の名前を口にしながら家に帰り着くころにはすっかり首を痛めていて、その夜もうまく寝付けず夜中に汗をかきながら何度も目を覚ました。その度に心臓が耳の近くで大きく鳴っていてこれでもまだ根安堂太陽子はわたしを人間ではないと言うのか**人間的なあまりに人間的な**この音を彼女に聞かせるにはどうすればいいのか考えたが心臓が音を立てるのは何も人間だけの特性ではないわけでその音はとくに何の答えにもなりはしないとすぐに考えを変え早く音が止んで意識が大きな獣の眼のような夜の中に溶けていくことを祈りながら瞼をきつく閉じていた。

競馬場に向かう前には必ず美術館に行くことにしている。

駒場の自宅を出て、八時前には電車に乗り、みなとみらい駅近くのスターバックスで温かいコーヒーを買う。それを飲みながら**タンゲケンゾウ**が設計した美術館の外観に集中することから儀式は始まる。ファサードの厳密で荘厳な左右対称性を眺めていると、こんなにも完全な建造物が歪な人間の手によって建てられたことが信じられなくなり、まるでコンピュータでつくった図形を見ているような錯覚に陥る瞬間がある。脳を騙したまま開館とともに美術館の内部に入り、わたしもまた図形の一部になることを強くイメージする。そしてある基準のもとでその美術館に勤務することになった学芸員たちが、ある基準のもとで選定し、収集し、展示の順番を決定していった作品を、順番を厳守しながら見ていく。このとき、どの絵が素晴らしいとか美しいとかいったことには意識が向かないよう、簡単には心が動かされないように注意をする。モチーフの意味も、歴史上の位置付けについても、作家のバックグラウンドも完全に外に追いやる。以前わたしは美術に関する本を熱心に読んでいた時期があった。だから既知の情報を忘れて絵画を鑑賞するというのは結構難しい。重要なのは、ただ自分が回廊を歩き進めるにしたがい目の前に現れる画面を、つまり学芸員がテーマを設定してつくりあげたひとつの世界を、順番どおりに受け止めることだ。そうやって一時間か二時間かけて館内を歩きながら、月曜から土曜のあいだに入ってきた形ある情報や、形の定まらないまま留まった混沌を、絵画と同じ次元に、平面の次元に置き換えていく。そしてこんなふうに考える。この世界は遠い昔に、立体であることを諦めてしまったのだと。

この世界は人間が増えすぎ、増えた人々はあまりに多様化しすぎ、また彼らは多様性を求めながら同時に平等性をも要求するようになった。他の生物には見出されないような煩雑な欲望を持つこの動物は、自分のサイズに合わない服はもう絶対に着ようとしなかった。とはいえ資源には限りがあるために、すべての人間の欲求を叶えることが困難なので、いっそ人間も事物も環境も二次元データに移し替えたほうが色々と都合が良いと考えるようになった。人間がデータになれば食糧問題も解決し、歳をとって衰える心配もなくなり、誰もが怖れる死を遠ざけることもでき、完璧に平等な世界を実現できる。金持ちになりたければデータ上で金持ちになればよく、馬になりたければデータ上で馬になればよい。死のない安全な場所では、「喉が渇いた」と思うだけで各人にオーダーメイドされた素晴らしい飲みものが自動的に出てくる。データと人工知能がいかなる望みも叶えてくれる。ところがわたしは、何らかの抜き差しならない事情があって、肉体を三次元から二次元へ移行させることを意固地に拒んだ人間のひとりだった。わたしは立体の世界でやりたいことがあった。なぜかわたしは、立体の世界でしかできないことをしたがっていた。そうして確実に死というものが存在する、まったく幸せとはいえない不自由な立体の世界にぽつんと取り残されたわたしは、平面の道を進んだ人々を美しいとも醜いとも思わずに、ただ彼らが選び進んだ幸せな世界を、もう編集の済んだ映画を観るかのように受け止めていく。馬を相手に仕事をする前にはそんなふうにして、体の中から人間的な感覚をできる限り取り払っておきたい。そうしないと彼らがわたしに話しかけてきたときにすぐに気付けないからだ。

美術館から乗ったタクシーが東京競馬場の東門入口に着いたとき、午前中のレースでひと財産すった男が向こうから歩いてきた。ひと財産をすったばかりの人間にはちゃんとひと財産すっただけのオーラが出るようになっているからすぐにわかるのだが、オーラの次に目をひいたのは男の肩だった。上着が傷むんじゃないかというくらい左右の肩の高低差が激しく、左上半身と右上半身にそれぞれ別の人間が入っているみたいだった。もし本当に別の人間が入っているとしたら右半身はまともな教育を施されて大人になった男で、左半身は大人たちからとことん放っておかれて自分の力だけで自分の体を大きくした男だった。男は電子マネーでタクシーの支払いをするわたしを遠くからしっかりとらえながら口を動かし何ごとかを呟いていた。すれ違いざまに何となくわたしに向かって暴言を吐くんじゃないかという予感がしたが、実際に彼がか細い声で言ったのは、

「なぜ差せなかった？」だった。

その時点でわたしは午前のレースの詳細を知らなかったけれど、きっと男が買った差し馬が

最後の直線で伸びなかったのだ。彼は独り言を呟いていたのではなく馬と対話していたのだった。そしてたった今すれ違い背後で小さくなっているであろう左右非対称の男は、ことによっては今日の午後にも死ぬかもしれないんだとわたしは思いめぐらせた。今日まで幾度となく繰り返してきた朝昼夜に区切りをつけるのか、それとも今朝と同じように明日の朝も目を覚ますのか、そうした正解なき決断を迫られた場合に競走馬に運命を委ねようとする人間が競馬場には多くいる。自分のことを賢く理性的だと思っている人々は彼らを愚かなギャンブラーだと言うのだろうがわたしはまったくそう思わない。たまたま上司になっただけの男や自分を生んだだけの親に人生を決めさせるよりは競走馬を信じたほうがずっと納得がいく。なぜなら上司や親とは違って、競走馬はたまたまそこにいるわけでも、たまたま走っているわけでも、たまたま勝ち馬が決まるわけでもないからだ。かつて、**競馬が人生の比喩なのではない。人生が競馬の比喩なのだ**と言った詩人があった。これは**テラヤマシュウジ**特有の気取ったレトリックなんかではなく、たとえ一篇の詩も読んだことがない人であっても、数十年というスパンでレースを追いかけ、ひいきの馬を持ち、サラブレッドの馬生に思いをはせたことがあるなら誰でも自然に行き着くロジックだ。

場内にあるメディア関係者用の控室には、新聞記者やカメラマンたちがオオオカヤマを取り囲んでいた。オオオオカヤマが来る日はいつも控室が彼の接待会場みたいになってしまう。誰もが彼と仲良くなることで彼から何かしらの恩恵を得ようとしていて、そうした状況をオオオオオカヤマ自身も歓迎していた。わたしはごく個人的な指標によって競馬解説者を①から⑤にランク分けしているのだが、オオオカヤマは⑤の中でも最低の部類に入る解説者だった。予想屋としては一定の支持を得ているし、実際に彼の買い目は驚異的な確率で的中する。彼のキャラクターは人を楽観的な気分にさせもするので様々なメディアに重宝がられている。でもわたしに言わせれば彼は賭博とオッズに関心があるだけで競馬を解説したことなど一度もない単なるデータ男なのだった。

ただし彼に解説者としての資質が全くないかというと必ずしもそうではない。わたしはオオオカヤマに誘われて、彼の好物である寿司を一緒に食べに行くことがある。そこで彼は誰にも頼まれていない寿司の解説を始めるのだが、その解説は極めて的確であるばかりでなく誠実さに満ちている。寿司を食べながらあたかも魚と心を通わせているかのような解説なのだ。それは同席するおおかたの人間が持っているぼんやりした寿司観を一新させるに足るもので、解説を聞くのと聞かないのではシャリを下にして口に入れるのかネタを下にして口に入れるのかくらい寿司体験に差が生じる。**オオカワケイジロウ**が競馬の神様になれたなら、オオオカヤマタダタカは生魚の神様になれただろう。

わたしはＴＶ局の関係者用に用意された大テーブルの端にラップトップを置くと、「十文字」の件をオオオカヤマに尋ねた。予想はしていたが、やはり彼はニュースを知らなかった。

「聞いたこともないなぁ。ねぇ誰か知ってる？　馬名だってさ。文字数がどうのこうのって」

オオオカヤマはたいして興味もなさそうに控室にいる人々に問いかけたが、彼を取り囲んでいるスタッフは皆一様に首を傾げたり腕を組んだりして「知らない」とメッセージを発した。わたしは局から来ている若いスタッフを探して、

「JRAにはまだ出ていない情報ですが、JAIRSのホームページにありますよ。ジャパンスタッドブックインターナショナル。タニさんはご存じなんですか？」と言った。

「いや、タニさんからは何も、プロデューサーの方のタニさんですよね？　聞いていない、です。ですよね？　聞いていないです。よね？」若いスタッフは私とオカヤマを交互に見て、双方の様子を窺いながら言った。

「ちょっとタニさんに今、電話で確認してもらえますか？」とわたしは言った。「今、スタジオにいるでしょう？　十文字のルールのことはレースが始まる前に番組の冒頭ではっきりと説明した方がいいと思うんです。今日の司会は誰だったっけ？　とにかく放送開始直後です」

スタッフはまだ経験が浅いせいで、事の重大さを何ひとつわかっていない様子だったが、とりあえず促されるままに首から下げたスマートフォンに手をかけた。しかしそのとき、

「ねぇ、僕にはわかんないな、わっかんない」とオオオオオカヤマが大部屋に声を響かせた。頭の奥がきんとするような不快な音を立てて椅子を後ろに引き、両手を頭の後ろで組んだ。

「べつに今日じゃなくてもいいんじゃないの、それ？　だって今日のレースに馬名なんて関係ないんだしさ、まだ十文字の馬が登録されたわけでもないんだしね。JRAにも出ていない情

報をTVが勝手に言っちゃマズいんじゃないですかねえ僕は知らなかったしね。今日わざわざTVで言うほどの重大ニュースとは思えないんだけど。モリサキとイサガリの怪我の話で時間もないだろうし」

「TVで言うほどのことではない?」とわたしは訊き返した。顔面の筋肉が不随意に動くのを感じた。先週落馬した騎手の怪我の状態をTVで言うことが、「十文字」より重要だとでも言いたいのだろうか? でも若いアシスタントはオオカヤマの意見に同意しているかのようにスマートフォンから手を離した。そしてほかの連中もどことなく不審そうにわたしを観察していた。

「たかが馬の名前じゃないか? レースには何の関係もないよね」

「ありますよ」

「どういう関係?」

わたしは控室の中をざっと見まわした。そこには全部で五十人ほどの人がいたが、首から「メディア関係者」の札を下げた彼らのうちの、一体何割くらいが馬名とレース結果が無関係だと考えているのかを推し測ろうとした。もちろん顔を見ただけでは誰が何を考えているかなんてわからない。そこにいた五十人は全員成人した人間であり、誰もが自分の思想を安易に他人に悟られないようにする術《すべ》を心得ていた。

わたしは考えのまとまらないまま、

「こういう関係です」と腹の底から声を出した。人の注意を引く際に用いるアナウンス技術だ。

「十文字のルールが正式に認められるとします。すると馬に十文字の名前を付けようとする馬主が現れます。きっとすぐに現れると思います。十文字が認められれば命名の可能性が拡大し、意味が無限に拡張する。そこまでは想像できるでしょう？」

ここで一旦止め、オオオカヤマの反応を待つ。だが彼はまだ何もぴんと来ていないようで、唇をとがらせたまま話の続きを待っている。

「実際に十文字の馬名が登録される日がやって来るとしますね。十文字の馬名が紙に書かれる機会が当然出てくるわけでしょう。活字として印字されることも、競馬場の巨大な電光掲示板に表示されることだってある。すると、たとえば九文字の馬と比べ、余白の面積が一文字分減ることになりますね」

「うん」

「まだわかりませんか？」

「何が？」

「文字が一文字増える。紙の空白が一文字分減る」わたしは右手を丸め、手の中にドーナツ状の空白をつくって見せた。

「うん、それはもちろんわかるよ。だから？」オオカヤマもわたしにならい、右手を丸めて空白をつくった。

「では、これでは、どうでしょう?」わたしはアナウンス法を変え、話す速度をわずかに落とす。「十文字の名前の馬が、実際に出走し、見事レースに勝利しますね。その馬の名は、**エドワードローレンツ**です、たとえばの話。オオカヤマさんももちろん、①**エドワードローレンツ**に賭けて、いつもみたいに予想を的中させますよね。すると、オオオカヤマさんは、②**エドワードローレンツ**に信頼を置くようになります。オカヤマさんは、③**エドワードローレンツ**の名前を公共の電波で何度も口にすることになります。オオカヤマさんが④**エドワードローレンツ**と言うたびに、オカヤマさんの中に流れる時間は、一文字の発声時間の分だけ減ることになります」とわたしは言い、右手の中の空白をぎゅっと握りつぶした。誰も何も言わなかった。五十人がそれぞれ一文字分の沈黙の重さをはかっているような時間が過ぎた。

「では……人間の女性の名前を例にあげてみますね」わたしはだんだん自信を失いながらも、みずから沈黙を破りさらに食い下がった。「現代の日本人の女性といえば、その多くが二音節か三音節の名前です。そうですよね? あえて外国人風の名前をつけているとか、芸能人の芸名みたいなものを除けば、四音節以上の名前はサクラコかナデシコくらいしかぱっと思いつかない。実は最近、太陽子さんという名前の方と話す機会があって、ちょうど日本人の女性の名前について考えていたところなんです。名前というのは基本的に親が自由に名付けていいことになっているけれど、男性に比べて女性の名前の音節数がこんなにも限定的なのはどうしてだと思いますか? ちなみに『太陽』という名前の男性は珍しくありませんが、女性名で用いられることは滅多にない。そもそも女性の名前が短いのは男尊女卑の歴史の名残がある。その昔、子供が生まれると男の子には跡取りになってもらわないといけませんから、ちゃんと意味のある立派な漢字の名前を与えていた。でも女の子に関しては呼びやすければ何でもいいと思われていたので、マツとかタケとかウメとか適当に名付けていたわけです。その少し後で、女の子の名前の末尾に『子』をつけるのが流行り始める。**晶子**、**のり子**、**幸子**。『子』を基点に考えると三音節でもずいぶんバリエーションが出せるし、『子』という字は小さな子供のような愛らしさを連想させるので人気になったんでしょう。昭和も平成も、女の子は可愛くなければいけなかった。可愛いほうが男性に愛される可能性が高いからです。女性の生存戦略として、男性に愛され、男性に選ばれることはとても重要だったんです。そしてあまりに長すぎる名前というのは、女の子的な可愛らしいイメージを損なってしまう。**ゴウゾウ**や**ヨシロウ**や**サクタロウ**みたいに、角ばっていて強そうで、かっこいい印象を持たれるのは女性にとっては損だった。しかし現代においてそのような価値観は絶対的なものではなくなりつつあります。今後どこかのタイミングでブレイクスルーが起きて、日本人の女性名に四音節以上の名前を付けることが流行る可能性もある。想像してみてください、ゴウゾウ子さんという名前の女性を。ヨシロウ美さんや、サクタロウ江さんという名前の女の人を、恋人にしたいと思いますか？　結婚したいと思いますか？　これでもまだ、『たかが名前』だと思うんですか？」

「ねえ、今の説明で何かわかった人いる？」オオオカヤマは苦笑し、わたしから視線をそらして指で頭をかいた。「それって姓名判断的な話なのかなあ？　僕は占いの類をまったく信じないからねえ」

「占いは関係ありません。じゃあ、これではどうですか？　競走馬名にウに濁点のついた『ヴ』の使用が認められたのは一九九〇年です。『ヴ』のルール改正がなければ**オルフェーヴル**も存在しなかった。**エアグルーヴ**、**アドマイヤグルーヴ**親子も、**ヴィルシーナ**、**ヴィブロス**姉妹も存在しなかった。彼女たちが存在しなければ競馬の歴史がまるっきり変わってしまうでしょう」

「いやその理屈はおかしいよ、**オルフェーヴル**は存在したでしょうよ、ヴが使えないならブ、フに濁音でオルフェーブルとして普通に活躍したでしょうよ。ウに濁音だろうがフに濁音だろうが日本人の耳にとっちゃ違いはないでしょうよ。まあ、あなたのように実況をしなきゃいけない人たちには馬の名前の長さって大問題なんでしょうけどね。まあ、それにしたってたったの一文字じゃないですか、たいした問題じゃあ――」

「たいした問題です。**エドワードローレンツ**のバタフライ効果をご存じですか？　一頭の蝶の羽ばたきが、地球の裏側で竜巻を起こす。今回は一頭の蝶の羽ばたきどころの話じゃない。今後、十文字の馬が際限なく現れ、十文字の名前が大地を全力疾走することになるんです。竜巻程度で済むなら問題ありませんが、ことによっては人類が滅びる可能性まである」

「人類が滅びる？」オオカヤマはわたしに同情しているみたいに優しく笑った。

わたしはTVの前の視聴者に緊急かつ重大なニュースを伝えるときのようにオオオカヤマを正視した。そして何かの手違いで今からこの控室が全国に中継されても何も問題ないように、言葉を慎重に選びながら、冷静さを保つよう注意を払いながら話を再開させた。

「わたしは机上の空論を語っているのでも、競馬の美少女ゲームの話をしているのでもありません。今わたしは現実の競馬の話をしているんです。現実の芝生を走る、現実の競走馬の名前について話しているんです。現実の人間の欲望を主たる動力として誕生し発展を遂げた、厄介な競争社会の話をしています。高級な寿司屋の寿司の味を知り尽くしたオオオカヤマさんなら、きっとご存じのはずです。人間の欲がこの世界をどのように動かしてきたかを。動かしているかを。この社会におけるあらゆる創造行為と破壊行為の根っこを辿れば、すべて人間の欲望に行き着くことを。

どういうプロセスを経て、十文字の馬が人類を滅ぼすのか？　わたしは専門家ではないしオオオカヤマさんのように予想センスがあるわけでもないけれど、それこそ馬券の組み合わせのように幾通りものシナリオが考えられると思います。①十文字の馬がレースに出走する、②十文字の馬が勝つ、③翌日も十文字の馬が勝つ、④翌々日も十文字の馬が勝つ、⑤馬券を当てたい人々がこぞって十文字の馬に投票する、⑥十文字の馬への関心が高まり、馬主は十文字の馬がより速く走るようにより多くの資金と労力を十文字の馬に投じるようになる、⑦十文字の馬が圧倒的大差をつけて勝つ、⑧人類は馬名の長さとレース結果に関連性を見出す、⑨人類はより長い文字数の名前を馬に求めるようになる、⑩人類の欲望に応じて馬名のルールが変更される、⑪留まるところを知らず馬名の字数は増え続け、⑫短い名前ではもう誰も満足できなくなり、⑬より長い名前を馬に与えることに夢中になるあまり、⑭人類は名前をつけるという行為の本来の意味を見失う、⑮人類は言葉と事象を結びつけることができなくなり、⑯人類が人類であることを認識する存在が存在しなくなり、⑰人類が滅びる」

「わからんよ。僕にはちっともわからん」オオオカヤマは顔の前で手をひらひらさせて言った。

「それはつまりさ、あれだね？　**コイズミシンジロウ**がオオイズミシンジロウになったところで、果たしてニホンが変わりますかって話だよね？」

オオオオオカヤマを取り囲むスタッフや記者たちは空気を読みながらも控えめに笑った。でもオオオオオカヤマの想定よりもウケなかったのが不満だったと見え、

「今のままではいけないと思います。だからこそ、ニホンは今のままではいけないと思っている」と彼はさらに付け足した。笑いの範囲はひとまわり拡大した。でもわたしにはそれの何が笑えるのかがわからなかった。

コイズミシンジロウとは、おそらく与党の政治家を指しているのだろう。**コイズミシンジロウ**の親もまた著名な政治家だったが、親子揃ってその発言や振る舞いにはいちいち人を惹きつける特別な力があるようだ。彼が何か言えば真似をされたり、TVで太字の派手なテロップがついたりする。でもわたしにはわからない。名のある政治家の家に生まれ育ち、ごく当然のこ

とのように政治家になった男が、どのような精神構造と言語感覚を持って二十四時間を過ごしているのかなんて、想像さえできない。

「しかし最近やたらと落馬が多くないかい?」とオオカヤマは言った。もうルールの話は終わり、と宣言しているみたいに。「こうも立て続けに落馬が起きるとさ、うかうか予想もできないよねえ。午後も間違いなく荒れるよ。ああ見えて馬は馬同士で何か話し合って、良からぬことを企んでんだ。さて、あなたたちはどれ買うの?」

「私は**シチュウヒキマワシ**」オオカヤマと親しい競馬場のコーヒー係の女が待ち構えていたように即答した。「④を軸にして、①、⑨、⑩、⑰の馬連流しですかね」

「④だって? まず来ないよ、④は」

「え? **シチュウヒキマワシ**の血統と馬体で、二〇〇〇メートル良馬場なら間違いないって、オオカヤマさんも新聞のコラムに書いていたじゃないですか?」

「ふん。僕のデータだって落馬の前では歯が立ちませんよ。君は何も感じないの? ④から金の匂いが一切しない。完全に無臭なんだよね。あなた、今日は悪いことは言わないから④は外しておきなさいよ。もし④が来たらだね、僕の財布からあなたに払い戻そう」

オオオオオオオカヤマの予想は的中した。メインレースはおおいに荒れた。不穏な動きはレース前から始まっていた。東京は晴れているのに東京競馬場の上空だけ分厚い雲が覆いかぶさっていた。

出走馬の本馬場入場が終わり返し馬に入った直後だった。突如、⑰**シヲカクウマ**の鞍上にいた騎手カイヅカが落馬する。瞬間、場内の観客の視線を一身に集めた**シヲカクウマ**は、左まわりのコースを逆走する形でしばらくターフをひとり駆ける。が、四コーナーにかかったあたりで忘れ物でも取りに帰るみたいに自発的にUターンをし、トロットで戻ってきたところを係員が難なく捕獲する。しかしその後の馬体検査の結果**シヲカクウマ**は競走除外となり、カイヅカは頸部の痛みを訴え救急病院へ搬送された。アクシデントはこれだけでは終わらなかった。**シヲカクウマ**の競走除外が決定したあと各馬がゲート入りを始めたが、④**シチュウヒキマワシ**が十一番目に発馬機に入る直前に上体を思いきり反らしたことで鞍上のゴイが振り落とされる。**シチュウヒキマワシ**は後ろ向きの状態で発馬機に入りそのまま動かず、既にゲート入りの完了していた出走馬をいったんすべて外に出さざるを得ない。係員の促しで強制的に**シチュウヒキマワシ**がようやく外に出され、馬体検査から競走除外の決定が出されるまでの約五分、各馬はゲート前で輪乗りをして再びのゲート入りを待つ。最終的に合計二十二分の遅延の後、発走。スタートを焦らされた各馬のコンディションは万全とは言えず、多数に異常な発汗の見られる中ゲートが開き、先行争いから乱れに乱れた。そのうえレース中に不気味な雷鳴まで轟く始末で、最初から最後までわたしも多量の汗をかきながら実況をする羽目になった。双眼鏡越しの競走馬に対して何の言葉も浮かばず、後半はほとんど馬名と順番をアナウンスしただけだった。

わたしがそのレースにおいて発した言葉数は、平常時の半分以下だったと思う。

とはいえ、そのふがいない実況がTVで放映されることはなかった。二十二分の遅延のせいで、レースが始まるころには番組が終わってしまっていたからだ。放送時間は決められているし、後続の番組も流さなければいけないCMもあり、わたしの実況もオカヤマの解説も電波に乗ることはなかった。結果的にはオオカヤマの買った単勝、十四番人気⑦**ミューテーション**には四万八千円がついた。万馬券が的中したときの常として彼から寿司に誘われた。でもわたしはまだやらなくてはいけない仕事があるからと断った。オオオオカヤマの予想センスを褒めちぎりながら銀座についていくスタッフたちを見送り、わたしは競馬場が閉まるまで控室に残ってレースの録画を見返した。

落馬時の映像を最大限にズームして見てみると、**シヲカクウマ**にはとくに異変があったわけでもなさそうで、カイヅカもまた彼女によって振り落とされたようには見受けられなかった。当該の瞬間を**エドワードマイブリッジ**の連続写真のようにコマ送りで行きつ戻りつしているうちに様々な想像がわたしの脳内で膨らみ、次第にカイヅカはみずから落ちることを選択したうえで落ちたようにも見えてきた。だが何らかの事情があって騎乗が困難になったとして、カイヅカの優れた運動神経と騎乗の上手さを考えれば、落ちるにしてももっとうまく落ちるだろう。にもかかわらずカイヅカはまるで瞬間的に馬の乗り方を忘れてしまったかのように、なすすべもなく頭からターフに転がり落ちていった。**シチュウヒキマワシ**のゲート入り直前の暴挙は性

文藝春秋の新刊

3

2024

「クレソン」©大高郁子

◆発売日、定価は変更になる場合があります。
表示した価格は定価です。消費税は含まれています。

お楽しみでしたね 2

も増し増しの中、勇者は欲望を抑え魔王討伐へ旅立てるのか!?

コミック
◆3月
79
090

旅は愛いもの甘いもの 1

●ひとりでも、ふたりでも
おちR

原作・ももしろ　漫画・三月トモコ

30歳の誕生日直前に彼氏にフラれた派遣OL・涼音。傷心旅行先で出会った青年は、実は小説家で……。旅を巡るラブコメディ！

コミック
◆3月21日
748円
090164-3

四月になれば彼女は

●結婚を前に消えた婚約者の行方は……？　大ヒット小説をコミカライズ！
原作・川村元気　漫画・箸井地図

「あのときのわたしには、自分よりも大切なひとがいた。それが、永遠に続くものだと信じていた」究極の恋愛小説をコミカライズ

コミック
◆3月27日
770円
090165-0

へぼ侍 1

●ザンギリ頭で出陣や！　明治男子の痛快従軍記
原作・坂上　泉　漫画・みもり

翼和希（OSK日本歌劇団）絶賛！　松本清張賞受賞作を『しゃばけ』の名手がコミック化。落ちこぼれ士族達の西南戦争物語、開幕!!

コミック
◆3月27日
792円
090166-7

自分史上最高齢の容疑者と対峙する岩倉刑事

罪の年輪

ラストライン6

935円
792180-4

堂場瞬一

麻之助、ついに後妻をとる!?　大好評シリーズ

いわいごと

836円
792181-1

名家×縁談×付喪神。豪華絢爛和風ファンタジー!!

京都・春日小路家の光る君

天花寺《てんげいじ》さやか

858円
792185-9

殺し屋は、実行前に推理する……殺し屋シリーズ第3弾!

女と男、そして殺し屋

石持浅海

825円
792186-6

天に臆せず胸を張って生きる男たちを描く

戴天

千葉ともこ

1078円
792187-3

ギネス記録は通過点の大人気エッセイ

カムカムマリコ

林真理子

748円
792188-0

生涯役に立つ、自立の心得

格的なものとして理解できる。でも**シヲカクウマ**の放馬に関しては原因がまったくわからない。カイヅカから何かしらのコメントが出るのを待つしかない。

シヲカクウマ。**シヲカクウマ**。**シヲカクウマ**。……

走る姿を実況することがかなわなかったその馬の名前が、わたしの体を埋め尽くしていた。なぜ彼女は出走できなかったのか？　彼女に代わってその理由を人々に説明することがわたしの仕事であるはずだった。でもわたしにはレース前の放馬が彼女の意志によるものだったのか、それともジョッキーに問題があったのかさえもわからなかった。彼女とカイヅカとのあいだにしか知り得ない何かがあったのはたしかだ。そのことがわたしをこれまでになく孤独にした。わたしには彼女を双眼鏡越しに、あるいはＴＶの画面越しに一方的に見つめて彼女の声を妄想することとしか許されないのだった。彼女の言葉を聞くための耳をわたしは持たなかった。彼女の書く詩を読むための目をわたしは持たなかった。彼女がそれをわたしに与えていなかった。そしてそれはわたしがこれまでずっと目を背けてきた問題なのだった。**シヲカクウマ**の不在は、わたしが本来どのような人間であったかを正面から突き付けていた。つまり、わたしは生まれてこのかた一度たりとも幸せだったことがない人間だった。わたしには欲しいものがあった。わたしさえ欲さなければ他の誰も欲することがないものだ。わたしを構成するすべての要素はそれを求めるべく動いていた。それなのにわたしの体は今、本当に欲しいものを手に入れることなく人生を終えるだろうという確信に近い予感に覆いつくされ、何かを欲求することとじたいを完全にやめようとしていた。わたしの心はもはや何も求めないことを求め始めていた。何も望まず、ただひとりで黙って座っていたかった。誰の名前も呼ぶことなく、誰もいない洞窟にでも閉じこもり積極的な生命活動を全面的に停止してしまいたかった。根安堂太陽子は詩にセンスは関係ないと言った。しかしわたしには彼女の言説を信じることなどできなかった。なぜならもしもわたしが**テラヤマシュウジ**のような詩人であったなら、きっと彼女の不在を詩の言葉で埋められたに違いないから。詩の言葉によって彼女に近付くことができたのだから。そしてわたしは詩人ではないのだ。競馬実況者なのだ。

シヲカクウマの形が連続写真のようにわたしの脳内にひとつ増えていくごとに、彼女の美もまた強度を増していった。もちろん彼女の父母や、そのまた父母や、さらに上の父母も皆、恩寵のように素晴らしい馬たちだった。しかし**シヲカクウマ**の美しさというのは、ただ美しい生き物が生きてそこにいるという次元を超越したものだった。カイヅカが落下し、彼女の背の上ににわかに出現した空白を見て、わたしはそのような確信を持つに至った。それは彼女のすべてのルーツの走ってきた遠い道程と果てしない時間を、完全な形で結合させてできた奇跡だった。彼女が彼女の美を存在させるために、人間を含めたあらゆる環境を彼女自身が周到に用意してきたのだ。だからこそ彼女によって用意されたわたしたちが、白く発光したその神々しい毛並みを一度でも目の当たりにすれば必然的に、どのような貧しい心にも詩情が発生してしまうことになる。自分がこの世に生まれた意味を考えなくてはならなくなる。そのとき人は自然と言葉を求め、**エミリーディキンソン**を求め、**タニカワシュンタロウ**を求めるようになるのだろう。やがて人が言葉を必要としなくなったとしても、馬のいるところには必ず詩人が存在し――と、とりとめもない妄想に彼女がわたしを連れていった先にふと、オオオカヤマが真似た政治家の言葉が思い出されるのだった。

今のままでは・いけないと・思います。だからこそ・ニホンは・今のままでは・いけないと・思っている。

控室から人がいなくなると、わたしは政治家が職務中に生み出したフレーズの文節の区切りを変えてみたり、思いつくまま適当なニュアンスをつけ足したりして、自分の持ち得る声のレパートリーとアナウンス技術の限りを尽くして同じ台詞を繰り返した。そのようにして自分の声で他人の台詞を聞いているうちにこう思い始めていた――これは詩なんじゃないか？

そうだ。仮にこれを詩だということにしよう。もしも彼の肩書が政治家ではなく詩人であったなら、詩として受け取ることは可能なはずだ。政治家が政治の言葉しか喋ってはいけないなんて誰が決めたのだろう。わたしは職業柄、言葉の用法にはかなり神経質になってしまう。少しでも文脈に合わない言いまわしや不自然な表現をTVで使ったりすると、視聴者からすぐにクレームが飛んでくるからだ。でも優れた詩というのは、いつもどこか不自然で、人の心に引っかかりを残すものではないだろうか？　たとえばこうは考えられないだろうか？　その政治家には日常的に詩を書く習慣がある。そして暇さえあれば詩を書くための言葉を探しまわっている。国会議事堂にいようが選挙カーにいようが、彼の時間の中には常に詩が流れているから、詩性を求められていない場面で意図せず詩の言葉が口をついて出てしまう。アイドルや歌手やアナウンサーや、小説家の**イシハラシンタロウ**や俳優の**アーノルドシュワルツェネッガー**やコメディアンの**ウォロディミルゼレンスキー**が政治家になることはできた。だが詩人が政治家になった例はあっただろうか?

ヨハンヴォルフガングフォンゲーテ? なるほど**ゲーテ**の時代まで遡れば詩と政治はそれほど遠くないところにあっただろう。けれど現代において詩の言葉と政治の言葉はほとんど対極の場所にあるかのようだ。詩人が政治家になるとこの社会はおそらく今のような仕方では回らなくなる。でもたとえばイデオロギーが隠喩になり、国民から税金を徴収する代わりに抒情性を取り立てたり、憲法の内容を改正するより十一章一〇三条の韻律を揃えるために国会を開くようになったとしてこの国がどんなふうに衰退していくというのか、わたしは少し見てみたくなった。見たい。それはとても微かな欲求だった。しかしたしかに欲求ではあった。わたしはレースの映像を止め、椅子から立ち上がった。

家に帰り着いてからも、政治家が国民に対して本当に言いたかったことは何だったのかを想像し、国の予算が詩の言葉によって話し合われる未来を思い、そうしているうちにいつのまにか眠りに落ちた。劇中に流れる時間が決して現実の時間を追い抜かない、**アッバスキアロスタミ**の緩慢な映画のような夢を見た。芝生の夢だ。

「夜を眼にして横に倒れて走る木の獣」とヒが呼ぶ獣に、ビは「マ」という簡素な名前を新たに与える。茂みに隠れてマを待ち伏せし、草の繊維と樹皮をつないで作った綱をその樹木の幹の首に引っ掛ける。そうしてヒとビが二人がかりでマを暗喩ではないほうの樹木の幹につなぎ止めてから、さらにいくつもの昼と夜が昼夜昼夜昼夜昼夜と交互に積み上がりやがて昼夜という名の塔が建つ。

　ビは、かつて殺された仲間のひとりが小さな獣を手なずけて、狩りの手伝いをさせていたのを覚えていた。小さな獣、つまり君たちが呼ぶところの犬だが、ビはそのときの犬と同じ要領でマに餌を与えて首を撫でようと試みた。とはいえ犬ならたとえ噛みついてきても殺される前に蹴り倒すことができたがマは犬のように簡単な相手ではないのだった。与えた草にマの注意が行き、比較的おとなしいときを狙って首に触れようと近付くと、獰猛な歯をむきだしてビに顔を伸ばしてくる。そうしようと思えばマは上からビにかぶりついて、頭をひと飲みにすることもできるのだ。その背中にヒを乗せたうえでマを駆けさせようなどいかにも無謀に思える。ほぼ同じ速度で並走する二台の車のそれぞれに右足と左足を乗せて空中移動する**バスターキートン**、疾走する馬の背から別の馬の背へと飛び移る**ジョンウェイン**、飛行機のボディにしがみついて空を飛ぶ**トムクルーズ**を見て「自分にもできるだろう」と考える人間が滅多にいないように、いつかあの大きく速い獣を乗りこなせる日がやって来ようとは想像もできない。本当にそれをやるつもりなら、マを飼い馴らすよりも先に現実を捻じ曲げなくてはならない。

ビはヒがマを諦めるのを待つ。しかしヒは、後ろ足で蹴り上げられ恥骨にひびが入っても、また無理やりに足をかけようとして振り落とされ、首が右方向へひん曲がったまま元に戻らなくなってもなお、マに近付くのをやめようとしない。

ビには聞こえぬ精霊の**乗れ**という声がヒには聞こえていると言う。ビの耳はヒに比べて決して悪いわけではなかった。さらに言えば知性の面においてもビはヒが考えているほど劣ってもいなかった。脳の容量という観点で単純比較するなら、ビの脳はヒの脳よりも大きく、また複雑な思考にも耐え得る構造をしていた。だからこそビは、文法構造的にも音韻的にもかけ離れたヒの言語を三年余りで五〇%以上習得することさえできたのだ。

ビがヒに出会うよりはるか以前、ビは共に暮らしていた親兄弟と仲間の全員が殴り殺され刺し殺されるのを間近に見ていたことがあった。ある夜、ビと同じ二本の足で移動する動物でありながらしかし見慣れぬ容貌をした五十人ほどの集団の急襲に遭い、仲間たちはあっという間に動かない肉にされていった。その集団はまだほんの小さな子供であったビを殺すべき対象とは見なさず黙殺していたので、かろうじて死を免れることはできた。ビはほとんど死と見分けのつかない孤独を抱えてその場から逃げ出し足の続く限り走った。目の中は闇一色だった。闇の先の無の奥で、この世界とは異なる法則でまわる世界がどこかにあって、そこでは仲間を生き返らせる特別な液体があるのだという妄想を走る燃料とした。一方で、ひとつの大きな謎がビを支配していた——なぜ彼らが自分の仲間を滅ぼしたのか？　なぜ自分の仲間が彼らを滅ぼさなかったのか？

まるでその集団が体に侵入しているかのように、彼らの話した声がビの体の中でいつまでも反響していた。それは彼らが首尾よく効率的に仲間たちを虐殺しながら話していた言葉だった。胸のあたりを激しくかき乱す、不思議な手触りのする音だった。

彼らは言った。

——よし、こっちの男どもは全員虫の息だ。そこで震えている子供は放っておけ、女を殺すのは後まわしにしてもかまわん、そっちに槍を投げるからお前はあっちの援護にまわれ。おいおいおいおいどうした、おまえの足から血が出ているぞ。

——本当だ、血だ！　おれの血だ！

——おーい！　誰かこっちへ来てこいつの血を止めてやれ！　早くしないと傷口から悪い精霊が入り込んでこいつを殺してしまうだろう！　いやいやいやいやしかし待て、この豊かな大地を見るがいい。ひょっとするとこの土地に悪い精霊はいないのかもしれん。善い精霊がこのあたりを住処にしていて、彼らに手を貸しているんだろう。

――何だと？　これはコムギか？

――そうだ。こいつを石で砕いて粉にしたものを、水と混ぜて火で焼く、すると大きく膨らみ、腹持ちのするうまい食べものになる。死んだ父親からそのように聞いたことがある。もう腐った獣の肉を食って腹の痛みに耐えずとも、コムギだけで冬を越せるだろう。

――やったー！　みんな喜べ！　ずんぐりどもを殺した甲斐があったってもんだ！　全員、次に来る春まで生き延びるぞ！

　ビはもちろん彼らの会話を一片も理解できなかった。ただ彼らの話す言葉がビの仲間たちが話していた言葉と決定的に異なっているのはわかった。何といってもその長さだ。ある者が発話を開始して終了するまでに、その者は何度も言葉を区切っては新たな酸素を肺に入れなければならないほどにまで長いのだ。それに応答する者の発話すらも長かった。彼らはイエス／ノーで済むような単純な確認作業のためにのみ言葉を扱ってはいなかった。発話が新たな発話を創出していた。長さの中に抑揚があり、抑揚の中にムードがあり、ムードの中に無限の情報が含まれていた。ビは草陰で震えながら、彼らの操る不思議な音の影響の甚大さを本能的に感じ取っていた。単語と単語をつなぎ合わせてつくる、長大なセンテンスによるデリケートな意思の伝達こそが、殺す者／殺される者を隔てる力なのだ。ビはおおよそそのように考えた。初めて何かを「考える」というようなことを行なった。初めて体の中を去来するわけのわからない混沌がひとつのものへと集約していく感覚があった。元は同じ成分の水でありながら複数の地点に降り注ぎその土地その土地の草木や土を濡らすことで別の泥水へと変化した雨が流れ着いた場所が川になりビの体を洗った。
それから君たちの時間単位でいうところの二十年の歳月が流れた。

フリードリヒニーチェはこう書いた。「あらゆる人間は、いかなる時代におけるのと同じく、現在でも奴隷と自由人に分かれる。自分の一日の三分の二を自己のために持っていない者は奴隷である」。**ジャンポールサルトル**はこう書いた。「地獄とは他人のことだ」。わたしが一週間のうち唯一自由人でいることが許される月曜日、地獄がインターフォンを鳴らして家の中に上がり込み、「うまくいけばあなたも生まれて初めてウマと話ができる」と言った。
そのころには、十文字の名前を持つ競走馬は十頭を超えていた。十文字で登録された記念すべき一頭目の馬名は**パーフェクトワールド**だった。ずいぶんと壮大な名前を与えられたその牝馬の画像を探したけれど、わたしには彼女の存在と名前が釣り合っているようには思えなかった。ともかく十文字の名前がついに正式に日本競馬界に登場することになったわけだ。とはいえ、その事実を重要なトピックとして取り上げているニュースはどのメディアを探しても見当たらなかった。オオオカヤマが十文字のルールを気に留めていなかったみたいに、世間は十文字の馬の出現に完全に無反応だった。すっかり変わり果てた世の中で、わたしはかろうじて酸素を取り集めて息をしているといった有様だった。一体どこまで遡り、過去の何を変えればこの狂った現在を立て直せるのかと、わたしは**マイケルＪフォックス**がおかしな乗り物に乗る映画のような子供じみた妄想に浸りがちになった。①**シヲカクウマ**が放馬した日に戻り、②放送開始前の控室でオオオカヤマに止められてもプロデューサーのタニに電話をかけて説得し、③番組冒頭で司会者に十文字ルールのアナウンスをさせれば、何かが変わっていただろうか？　でも本当に過去に戻ることができるなら、いっそのことすべての根源にまで立ち返りたいという気がした。根源。わたしが生まれる前？　史上初めて競馬がＴＶ放送される前？　ＪＲＡが発足する前？　人間が馬に騎乗し、その速さを競うことを思いつく前？　どこまで遡ればわたしは満足するのだろう。けれどももちろん時間は元には戻らないから、代わりにわたしは先行する歴史上の十文字が何かを教えてくれることを期待して、十文字の名前の人間が書いた本を買い集めるようになった。そして**チャールズダーウィン**が著した「人間の由来」をベッドの中で読んでいるとき、インターフォンが鳴った。

リビングのモニターに送信された不鮮明な映像には、三人の男女が映っていた。白のボウタイブラウスを着た女が真ん中にいて、その後ろに男と女がひとりずつ立っていた。シルエットだけを見ると女が天使と悪魔を従えているように見えなくもなく、体からさっと血の気が引くのがわかった。考えてみればその小型のモニターに男女が三人以上入っているのを見るのは初めてだった。訪問客がちゃんと正面を向いているのも見たことがない。大抵は男の配達員がひとりで右斜め下を見ながら映る。カメラよりもスピーカーのぶつぶつした穴の方向に目がいくからだ。

声も息も漏らさないように注意しながらモニター内の「通話」に触れると、

「突然のご訪問、申し訳ございません」と真ん中の女が言った。

知らない女だった。女は細いフレームの眼鏡の奥からカメラをじっと見据えていた。まるでカメラに真っ直ぐ視線を合わせることがエントランスを開けるための必要条件であるかのように。

「私はDNAの代表をしております、根安堂と申します。――様のお宅でしょうか？」

女が名前を名乗ると、知らない女は知らない女ではなくなった。DNAの根安堂千日紅。女のフルネームが即座に思い起こされ、その名が示す小さな球状の花が脳裏に浮かび上がる。千日紅の花に見える球の部分は本当は花ではなく、蕾を包む葉が変形した苞《ほう》なのだという、あってもなくてもどちらでもいいような知識まで花のイメージに付随していた。

急な来客が宗教勧誘ではなかったことにわたしは途端に安心しきって、

「ああ、DNAの根安堂千日紅さんですよね。どうぞ」と返事をするのと同時に、指先は「通話」の下の「解錠」に触れていた。

マンションのエントランスが開き、根安堂千日紅が背後にいる天使と悪魔と顔を数秒見合わせ、ドアを通りかけたところで映像がぷつんと切れた。数十秒後にまたインターフォンが鳴り、今度は「通話」をせずにエレベーターホールのドアを開ける「解錠」をタップした。今日が休日で、わたしが自分の家にいることを思い出したのは、それからさらに十数秒経ってからだった。

三人の訪問客がエレベーターに乗って十八階まで上昇する。現場を目にしたわけではないが十中八九彼らがそうしているあいだ、わたしは自分の行動の正しくなかった点をいつものように①②③……と数え上げた。何もかもが正しくなかった。ひとつひとつ数え上げるまでもなかった。

やがて部屋の玄関の扉一枚隔てたところに人がいることを知らせるチャイムが鳴り、わたしは「通話」をタップし、仕事用の発声法を使ってていねいに話した。

「すみません。せっかくこんなところまで上がってきていただいたところ恐縮ですが、わたしはDNAの根安堂千日紅さんが、なぜそこにいらっしゃるのかがわかっておりません。この扉を開けるべきかどうかも、わかっておりません」

「はい。私たちも、あなたがなぜ用件を聞く前にエントランスを開けたのかがわからず混乱しています」と彼女はスピーカー越しに言った。「あなたは先ほど、まるで私たちがここに来るのを事前に把握していて、以前から私たちを待っていたかのような口ぶりで返事をしました。

私にはそう聞こえましたが、違いますか？　私たちが来るのは知らなかったが、エントランスを開けた。開けたあとで、それをするべきでなかったことに気が付いた、という状況でしょうか？」

「その通りです」とわたしは同意した。根安堂千日紅はわたしの言いたいことや言いにくいことを先まわりして全部説明していた。

「それにしても」と彼女は言った。「なぜエントランスを開けられたのでしょう？　と言いますのは、これほど用心深く、セキュリティ設備の整ったマンションに住んでいながら、肝心なところで不用心というか、そのアンバランスが気になったものですから」

「何も考えていなかっただけです」とわたしは言った。「習慣的に開けてしまったんです。何しろ指先の運動ひとつで開いてしまうシステムなので、何かを思考する前に指が『解錠』に向かって、あ、と思う間もなくこういうことになってしまう。今日は休日で、起きてからこの時間までベッドの中で本を読んでいて、インターフォンが鳴って起き上がったはいいけれど、頭の一方ではまだ『人間の由来』があって、**チャールズダーウィン**の『人間の由来』です、その中で**チャールズダーウィン**は『世界はずいぶん前から人間の出現に備えていた』と書いていて……いや、今はそういうことを聞きたいわけではないんでしょうね？」

「ええ」

話している途中で、わたしには彼女が何を求めていて何を求めていないのかが手に取るようにわかった。まだ会ったことのない人との機械越しの会話であるにもかかわらず、彼女の気持ちみたいなものがドアの隙間から滑り込み、部屋に入るよりも先にわたしの髪を通過し頭の中にまで侵入しているのだ。

「先ほども申し上げましたがあらためまして、突然のご訪問申し訳ございません」と千日紅が話を振り出しに戻した。「様々な原因によって、様々な順序が前後し、方向性を見失い始めているみたいです。本来なら現代の東京で生活するヒトが、こんなふうに面識のないヒトのお宅に押しかけるなんて、最初から最後まで間違っていると承知してはいます。

でもこの建物のエレベーターの中で完全に考えが変わった。五階、六階、七階、と地上を離れるごとあなたとの距離が縮まるごとに付け足されていく数字を眺めているうちに、この数ヵ月の間に私があなたに会うためにしてきた準備の無意味さに思い当たった。

私というヒトをあなたに信頼させることはもちろん重要でした。できるだけ短い時間の中で信頼を得るために、①清潔感を印象付ける服装と薄化粧をして②会社名の入った名刺を持参し③部下を後ろに二人連れてきている。私に社会的地位があり、尊重されるべき人物だと相手に理解させたい場合によくこうするんです。ポリティカルコレクトネスにも目を配りつつ、部下には女性と男性をひとりずつ配して。こうして本題に入る前に踏むべき手順を念頭に置いてはいました。社会的動物である我々が無言のうちに取り交わし積み上げてきた、ひとつひとつの約束事の順序を忠実に守った。しかし最終的に私があなたとしたいのは、会社名も役職も礼儀も関係ない、あらゆる約束事が取り交わされる前から自然に発生した行為なんです。その行為とは、私的な会話とセックスです。

私的な会話とセックスに至るまでに踏まなければいけない手順をいちおう心得てはいます。ただ私は、マナー講師としてあなたと話がしたいわけではないということです。マナー講師の推奨するコミュニケーションにおける正当な順序というものが、かえって私の設定した目標達成の妨げになるように今では感じている。というのも私は既に、思いつく限りの人脈を使ってあなたのことを隅から隅まで調べさせているからです。ここ数カ月、月曜日は部屋から一歩も外に出ないで過ごしていることも、十五歳のときに家庭裁判所での手続きを経て改名したことも、改名する前のやや宗教的すぎる名前でどのような生活を送っていたかも知っている。とにかくあなたがその体を通して為してきた行為の大部分を、対面する前から既に一方的に知っている状態にある。TV局に入社した当時の履歴書も入手しているし、その履歴書の記載が部分的に事実とは違っていることも知っている。この時点で私とあなたの関係はまったくフェアとは言えず、白々しい挨拶や自己紹介をすることじたいが不誠実なのです。誠実さがなければ順番などは何の意味もありません。

というわけですので、一度にたくさんの情報が飛び込んできて驚かれているとは思うけれど、要は、玄関の扉を開けてくれますか？　と私は言いたいのです。今から後ろにいる二人の部下を帰して、私がひとりで部屋の中に入って、あなたと話をするので、玄関の扉を開けてくれますか？　と」

まるで魔法にかかったかのように、わたしは玄関の扉を開けていた。一種の洗脳状態だったのだろう。わたしは洗脳状態にある人間とたまたま十年以上暮らした経験があるから知っているのだけれど、人は洗脳されると論理的な思考を司《つかさど》る脳の一部分が完全に機能しなくなる。根安堂千日紅はとても不可解な人間で、彼女を正確に説明する言葉を持ち合わせていない。ただひとつたしかに言えるのは彼女は人に言うことを聞かせる特殊な言葉を持っていてその扱い方を熟知しているということだった。わたしは部屋を片付けもせず、間の抜けた上下揃いのコットンのパジャマを着替えもせず急客を部屋の中へ招き入れていた。

彼女はほっそりとしたグレーのスラックスには不釣り合いなニューバランスのスニーカーを脱いで、帰り慣れた自分の部屋に入るように挨拶もなく部屋の奥へと進んだ。リュックサックにもなる小型の黒いキャリーバッグを引きずりながらリビングを見まわし、**ポールヘニングセン**や**フランクロイドライト**の間接照明やウォーターサーバーや電子書籍用のタブレットやステンレスのごみ箱を、ひとつひとつ物珍しそうに手で触っていった。その姿は文明に初めて触れる原始人を想起させた。犬がマーキングでもするみたいに彼女が部屋のひととおりのものに触れると、そこが所定の位置だとでもいうようにバッグを床に置き、トーネットの２０９に腰をかけて細い足首を絡ませた。あなたが今座っているその椅子だ。

「『我々はどこから来たのか・我々は何者か・我々はどこへ行くのか』」と彼女は言った。

視線の先には壁にかけられた**ポールゴーギャン**のポスターがあった。数年前のオルセー美術館展で見て買った「白い馬」という絵だ。馬の上には裸体の人間が乗っているが、比率から考えるとその馬はずいぶん小柄なポニーであるらしい。そしてタイトルのわりに画面の中の三頭はどれも白い毛色をしていない。

「我々は過去から来た。我々は何者かになるまでのプロセス。我々がどこへ行くかは未知数であり、それは現在の選択によって方向づけられる」と彼女は言った。

「はい。コーヒーでも淹れますね」とわたしは言った。

キッチンへ行って戸棚を開いたがコーヒー豆を切らしていたので、仕方なく残っていたペパーミントの茶葉をティーポットに入れて湯を沸かした。茶葉を湯で蒸らしているあいだに顔を洗い、一週間溜め込んだ洗濯物を洗濯機に放り込んでスイッチを入れ、室内の緑に水をやって回り、Amazonから届いたままになっていた段ボールを開けて新しく買った本を本棚に入れた。**タニカワシュンタロウ**詩選集全四冊。**ホルヘルイスボルヘス**「幻獣辞典」。**ウジェーヌドラクロワ**画集。**レオナルドダヴィンチ**手記。**エドワードマイブリッジ**写真集。ゲストが礼儀正しさを脇に置き勝手気ままに振る舞うことに決めたなら、ホストも同じくらい勝手なことをしていたほうがいい。それに根安堂千日紅はごく自然に空間に溶け込んでいて、不思議なくらいわたしを緊張させず気を遣わせなかった。もしも自分に母親がいたとして、その母親が休日に家に訪ねてくるとしたらきっとこんな気分になるんじゃないかという気がした。それはあながち間違ってはいなかったと思う。勝手な想像の域を出ないけれど、わたしの理解では母親というのは、自分が生まれた瞬間から一番近くにいて、自分のことをかなり詳しく知っていて、自立するまでの約二十年という期間をともに過ごす女、ということになっている。根安堂千日紅はわたしのことを隅から隅まで調べて知り尽くしていると言った。十五歳のときに改名する前のわたしのことも知っていると言った。この様子だとわたしの知らないわたしの親のことまで知っていると言い出しそうだ。そのうえ彼女はわたしと私的な会話とセックスがしたいときている。そういう相手に対して今さら緊張するとか気を遣うといった振る舞いをするのは手遅れ以外の何ものでもない。最初から順番は狂っていて、彼女を部屋に入れたときから順序を正すことは諦めていた。

わたしはペパーミントティーを入れたマグカップを彼女に持っていくと、ラップトップを開いてJRAのトップページにアクセスし、五分かけて順番通りに競馬関連のサイトをさっと見てまわった。翌月から開幕する秋競馬のことで話題は持ち切りで、とくに目を引くような情報は出ていなかった。夜のあいだに届いていた仕事のメールのいくつかを読み、どれにも返信はしないでラップトップを閉じた。

少し冷めたペパーミントティーを口にすると、

「インターネットをしているの?」と彼女は言った。原始人の台詞みたいだ。「インターネットが好き？」

「好きとか嫌いとかじゃないです。都市で生活する現代人にインターネットを使うことは避けられないんです。みんなが車に乗っている中、わたしだけ徒歩で移動すれば交通が混乱するでしょう」

「あなたはプライベートでも自分のことを『わたし』って言うのね、僕とか俺じゃなくて。生まれたときからずっとそうだったわけじゃないでしょう？」

「二十二歳で就職したはずなので二十二歳からです」とわたしは言った。「ＴＶ局の指導で『わたし』と言うことが強制されるようになってからですね。仕事とプライベートで一人称を使い分ける意味はないし、仕事以外で余計なエネルギーを使いたくないので統一しています。そもそもわたしにプライベートなんかないんです」

「そうみたいね。平日だろうが休日だろうがウマ漬けの毎日で、遊びに行く友人も、とくに決まった恋人もいない。調査員からはそんな悲しい報告を受けたけれど、間違いない？」

「とても優秀な調査員らしいですね」

「それからあなたが情報番組で共演しているタレントの女の子のブログも見た。あなたが『自分の脳と馬の脳がつながっていればいいのに』と言っていたって、おもしろおかしく書いてあったけれど、あれは本当なの？」

「そんなこと言ったかな」わたしは少し考えてから、アシスタントの子と少し前にした会話を思い出した。「それはたぶん、馬じゃなくてJRAの話でしょう。たしかこう言ったんです、『JRAと脳が直接つながっていたらよかったのに』。でも、そうか、馬の脳とつながるほうが話は早いですよね。むしろそっちのほうが全然良い。どうして今までそんな当たり前のことに気が付かなかったんだろう。あなたも、結構インターネットをやるんですか？」

「ええ。初めてインターネットをやったときは心から感動した」

根安堂千日紅は人差し指の関節で眼鏡のブリッジを上げ、レンズの中心に黒目を合わせた。ふと、先天的に目の悪い原始人は生き残るのに不利だったと思うけれど、眼鏡が発明されるまでよく淘汰されずに遺伝子を残すことができたなと思った。

何がそうさせるのか、わたしは彼女が部屋に入ってからずっと原始人のことを考えていた。そして観葉植物とヨーロッパのデザイナー家具と**ポールゴーギャン**のポスターによって小ぎれいに整えたつもりのこの部屋が、急に時代遅れの野暮ったいカタログみたいに見えてうんざりし始めていた。

「生まれたときからインターネットがあったヒトには想像もつかないでしょうね？」と彼女は言い、数十年のあいだに蓄積した疲労を形式的に隠すように微笑んだ。「コンピュータがあってインターネットにつながりさえすれば、世界中のヒトが同じ情報を同時に得ることができる。この感動が伝わる？　ばらばらだった世界はひとつになり、ついに世界平和が実現するって、私は本当にそう信じていた」

「せぇかい平和……？　インターネットが？」

「そう。インターネットは、ヒトがウマを移動手段としたとき以来の発明だった」

彼女はそう言って、自分の二本の太ももの上に両手を置き十本の指を跳ねさせた。文脈的にはキーボードを叩く動作でインターネットの発明を表現しているはずの場面であったが、しかしわたしにその仕草はピアノの演奏に見えた。

「もうこれ以上、ウマだの船だの車だのを使って物理的に移動する必要はない。家にいながらにして、ヒトはインターネット回線に乗ってどこまでも遠くへ行くことができる。**マークザッカーバーグ**がFacebookを始めたときは決定的だった。**イエスキリスト**が起こした奇跡を目撃した弟子たちはきっとこんな気分だったんじゃないかというくらい感動したもの。新聞やＴＶの偏った報道でヒトが無意識に洗脳されていく時代はもうおしまい。ヒトがＳＮＳのアカウントをひとつないし複数所有する世界では、きっと個人が世論ではなく、自分の物語を語り始めるだろうと思った。そうすれば、誰が良い思いをしていて誰が割を食っているのかがちゃんと可視化される。何が正しく、何が正しくないのかを、ひとつひとつ吟味するようになる。どうすれば全員が平等に幸福になれるかを議論するようになる。みんなが幸福になれるように、みんなが監視し合って努力するようになる。不正行為を見つけたら誰でも簡単に晒しあげることだってできる。法が裁く前に一般人が悪人を罰し、調和を乱す不快な他人を追い出すこともできる。この世界に留まっていたい人々だけで世界を新しくつくり変えればいい……若いころの私はＴｈｅ・性善説を信じるおめでたくも単純な脳の構造をしていたんでしょうね。懐かしい思い出。

ついに人類は幸せになる。だって私たちは皆、幸せになることを望んでいる。幸せな世界がもうそこまで来ている。みんながインターネットに乗って、おんなじ方向を向いて、おんなじ言葉を話せばすぐにでも、歴史上でもっとも賢く幸せな動物になれる。ハッシュタグ戦争やめよう・ハッシュタグ差別反対・ハッシュタグ人間は平等だ・ハッシュタグ投票に行ってみんなで政治を変えましょう！　いいね！　素晴らしい！　素晴らしいことはどんどん拡散しましょうよ！　人類が全員、当たり前のことをそうやって言葉にして幸福な世界のあり方を確認し合うようになれば、もう誰も嫌な思いなんかしなくて済む。ＳＮＳが新しい宗教になって私たちを正しい幸せへと導いてくれる。もう決して過去の過ちを繰り返さない。

さてそして、新しい宗教は我々をどこへ連れて行ったか？　もちろんこのとおり、どこへも連れて行かなかった。いいね！を増やしただけだった。いいね！はお布施よりもずっとお手軽でしょ。名言製造機をいっぱいつくって、一秒で共感させて一秒で感動させて理性をバグらせればいいんだもの。かくして快感情の家畜ができあがり。インターネットとは、ヒトを家畜動物にするための調教道具なのであった。まさか下等動物から高等動物へと進化したヒトが、みずから進んで再び下等動物に戻ろうとするとは**チャールズダーウィン**も予測していないんじゃない？」

そこで彼女がふっと話をやめたので、わたしはペパーミントの溶けだした湯から目を離して彼女を見た。彼女もわたしの顔の中央を眼鏡の奥からじっとのぞきこんでいた。

「ごめんなさい。この話あまり笑えなかった？　あなたと打ち解けたくて私なりにがんばっているつもりなのだけど……」

「いいえ、すごく笑えますよ」わたしは首を左右に振った。「後から思い出して、何度も笑えるタイプの話だと思います。十年、五十年と時を経ても、その時々の文脈で別種の笑いを引き起こす類の話かと。すみません、思わぬタイミングであの男の名前が出てきたものだから、ちょっと警戒してしまったんです」

「あの男？」

「イエス」と言った途端、口内は一瞬にして唾液でいっぱいになりわたしは自分自身の体液に溺れそうになった。両手で口元を押さえながら天上を見上げ、大量の唾液を一気に喉に流し込んでから、「イエスなんとか」とわたしは言った。

「ああ。なるほど。あの男」彼女はゆっくりと三度頷いた。「言っておくけれど、私は別にあの男に何か特別な感情を持っているわけじゃないからね。ただ、まあ、普通に有名人だしね、わかりやすい例として出しただけ。あのね、あの男を擁護するつもりはないのだけれど、あの説教臭い男の説く愛なんてろくなもんじゃないとは思うけれど……」

「はい、ろくなものじゃないですね。『ろくでなし』があの男の別名です」とわたしは大きく頷き同意した。

「でも、あのろくでなしはあのろくでなしで、悪気があってあなたを苦しめていたわけじゃないと思う。問題は、彼を祭り上げようとする周囲のヒトビトであり、そもそものヒトという生物種の弱さ。だから、あなたのお父様とお母様もきっと……」

「親はいません」とわたしは言ったようだった。自分の意思とは関係ないところからくしゃみのように突発的に言葉が出た。

「あら、そう？」彼女は腰を浮かせて椅子に座り直し、組んでいた足首を組み換えた。「でも調査員の報告では……」

「いません。調査員の方が間違っているみたいですね。あまり優秀な調査員ではないんでしょう。親はいません」

「あなたに親はいない？　亡くなった？」

「最初からいないんです」

「親がいない、とはどういうことなのか。もう少しストレートな表現で説明してもらえると助かる。私は太陽子みたいに詩を読まないし、レトリックは苦手なの」

「レトリックじゃありません。一般的には、人間というのは生まれてからかなり早い段階で、『私があなたの親です』と自称する人物に出会うんですよね？　わたしのところにそういった人物はまだ現れていないんです」

「となると、あなたは何から生まれたんでしょうね？」

「知りませんよ、自分が生まれた瞬間のことなんて」

「いつか／どこかから来て／不意にこの芝生の上に立っていた？」

「そういうことです」

「ところで今日、私とセックスする気はある？」

わたしの返事を待たずに、千日紅は椅子から真っ直ぐに立ち上がった。そして頃合いを見て花が花びらを地面に落とすようにして、身に着けていた異なる素材の布を一枚二枚三枚四枚五枚と床に落としていった。素裸になった彼女は、本当に原始人そのものだった。どうして原始人がこんなところにいるのだろう、原始人がいるにしてはこの部屋は文明化しすぎているのに、と混乱してしまうほどに彼女は原始人だった。でも本当の原始人は眼鏡をしていないだろうし、たぶん獣皮くらい着ている。

脱いだ衣服を踏みつけながら、原始人の裸はキッチンテーブルの椅子に座るわたしの前に立ちはだかった。乳房と乳房のあいだに溜まった細かい汗の玉のついた肌が眼前にあり、そこから焼ける前のクッキーか、茹でる前のパスタの匂いが漂ってきた。いずれにしてもコムギの匂いだ。それはコムギによってつくられた裸だった、わたしの嗅覚のうえでは。

コムギでできた原始人は、接客に慣れた整体師のようにわたしの両肩に手を乗せ、患部を診察する眼科医のようにわたしの目をのぞき込んだ。史上初めて骨格の矯正が職業になったときのように、初めて目の治療が職業になったときのように、彼女はわたしにそうした。

「JRAとDNAの思想に共鳴するところがあるからこそ、あなたは私をこの部屋に入れたんじゃないの？　もう一度言っておくと、私はあなたとセックスをするためにここにいる。あなたから精子をもらうために苦労してここまでやって来た。もちろんタダでやれとは言いません。あなたの実績と相場を考慮すると報酬は三十万円……ディープインパクトの種付け料の百分の一くらいが妥当ではないかと考えている。もちろん不受胎の場合も返還義務はなし。

正直言って最初は、ただのTV局のアナウンサーの中に私を妊娠させる価値のあるポテンシャルを持った種馬がいるなんて信じられなかった。あなたの見た目は単に好感が持てるというだけでキー局のアナウンサーの平均レベルを超えるものではないし、競馬実況は至って普通、情報番組の司会に関しては凡庸を通り越して腹が立つほどつまらない。私たちの『結果』が将来的にダービー馬にのし上がれるなんて到底思えない。こうして実際にあなたに会ってみても特別なオーラのようなものは感じない。

それでも血は嘘をつかない。あなたの才能がまだ開花していないのはきっと生育環境に恵まれなかったせいに違いない。私は私の視力の範囲で見えるものより、常に私を騙そうとする直感より、血を信じることにしている。私の心が求めていなくても、私の遺伝子はあなたの遺伝子を強く求めている。あなたの遺伝子と私の遺伝子を掛け合わせれば、限りなく私の理想に近い『結果』を創出できると、データと人工知能がそう計算している。私は他でもないあなたとセックスをしなくてはいけない。それはあなたの中にあなたの血が流れているからであって、あなたがどこのウマの骨ともわからない男だからではない」

「わたしはあなたとセックスをしないです。なぜならあなたを愛していないから」とわたしは言った。

愛。

わたしがその言葉を選んだのは、誰かに対してそれを口にしたとき、どういう感じがするものなのかを知りたかったからだ。

「愛」と彼女は言った。「愛」という名前の子供を厳しく咎めるような声だった。そしてしばらく自分の声の余韻を聞いてから、彼女は顔を赤くして俯いた。まるで知恵の実でも食べて裸であることを恥じているみたいだった。

「そもそもわたしが話している愛は、あなたが想定している愛とはまったく異なる愛であり、わたしが愛する女はあなたが想像しているような女でもない」とわたしは言った。わたしはとても苛立っていて、それに愛という言葉がわたしを必要以上に興奮させていたために、わたしは喋るための技術を忘れ、ただ感情の高ぶりがわたしに言葉のようなものを喋らせていた。

「彼女はとても特別な女だ。彼女がいなければわたしとあなたもここに存在していない。本当に。だからわたしの為す行為のすべては彼女への愛に結びついていて、毎朝目が覚めることも、コーヒーを淹れることも、タクシーに乗って出社することも、こうしてあなたと喋ることも、すべては彼女に近付くためのプロセスでなければいけない。そしてあなたとセックスをしたくないのはその行為によってわたしの愛する女がわたしから遠ざかってしまうような気がするからだ。それは困る。途方もなく長い話になりますが、まずは服を着てくれませんか？　これは主観の問題ですが、人間が二人いて一方が服を着ていてもう一方が服を脱いでいる状態ではフェアに話ができない。文明のレベルを平等にしてから愛について話したい」

「『服を着てくれませんか？』。いいえ。嫌です。服を着たくありません」と彼女は言った。「なぜなら私は今①あなたをレイプしている真っ最中だから。②あなたが愛についてろくでもない議論をしているあいだに排卵期が終わってしまうから。③私の体はもうじき閉経するから。それは困る。これは主観の問題だけれど、あなたが困る以上に私が困ったことになる。我々の体を保護し装飾するものの文明のレベルを平等にするだけで、本当に我々の間に平等性が担保されると思っているとしたら、あなたはとても大きな間違いを犯していることになる。

わからない？　今いちど①から、いいえ、⓪から確認してみましょうか？

そうよ、⓪もしも私とあなたの持っている生殖器が逆だったなら、話はとても簡単だった。別に服なんか脱がなくても、①そこにあるステンレスのごみ箱であなたを一発殴って肉体的に屈服させて②足を開かせて③挿入すればいいだけの話だもの。たった三つの工程でレイプは完了する、①から③を遂行するのに十秒もかからない。でも現状の生殖器の構造上、たとえあなたを痛めつけて床に寝かせて馬乗りになったところで、そもそもの陰茎が立っていなければレイプにならない。そうでしょう？　知らなかった？　レイプひとつやるにしても、持っている生殖器によって手順が変わってくるものなの。文句があるならあなたは⓪に戻って、生殖器の設計をミスった者に言いなさい。

そして雌性生殖器を搭載したこの根安堂千日紅という女は、一度やると決めたことは必ず最後までやり通す女なの。なぜなら根安堂千日紅という女は勝利を手にするためにこの世界に生み落とされた女だからなの。根安堂千日紅という女は勝つための調教だけを受けてここまでひた走って来た女なの。五十のおばさんを相手にちゃんと馬っ気が出るかどうか気にしているなら心配しないで。あなたから精子を引きずり出すための素晴らしい文明の利器を、リュックサックの中にたくさん仕込んできたんだから。いい？　私があなたに乗る。あなたは愛する女の香水の匂いでも思い出しながら、リラックスして寝っ転がって私を乗せていればいいの。大丈夫よ、ちょっとここから別の場所へ連れて行くだけなんだから。愛は決して遠ざかったりしない」

「わたしはわたしの愛の話をしているんだ。わたしが愛する女は馬だ。**シヲカクウマ**だ」とわたしは言った。思ったよりも大きな声が出たせいか、千日紅の眼鏡の中に一瞬怖れが見えた。

「**シヲカクウマ**」

彼女は「詩を書く馬」ではなく「死を欠く馬」のほうで発音した。そのアクセントの場所にわたしの胸はひどく痛み、視界は闇一色になった。

「あの、春のレースで騎手を落とした、白毛の三歳のことを言っているの？　たしか、ウマの口の中の、手綱？が壊れたとかで……」

「ハミです。**シヲカクウマ**が咥えていたハミが壊れて、ジョッキーが手綱で制御することができなくなったんです。でもそれはただの公式からの発表に過ぎない。どうしてあのレースで彼女がカイヅカを落としたのか、真実は彼女とカイヅカにしかわからない」

「へえ、その騎手に妬いているってわけ」

「勘違いしないでください。わたしの彼女に対する愛は、一般的な動物の飼い主がペットに対して与えるような愛とは違う。犬のブリーダーが犬に服を着せて散歩をする愛ではない。猫の動画をＳＮＳで拡散するような愛でもない。わたしの愛は――」

「うるさい、黙って。さっきからＡＩＡＩＡＩＡＩって南の島のおサルさんじゃないんだからやめなさい。それってハラスメントじゃないの？　ああこれだから嫌になる、汚い言葉を話すヒトは」

彼女は舌打ちをし、ひどい頭痛に耐えるように両手で頭を抱えた。それから何か退屈しのぎになりそうなものでも探すみたいにあたりを少し見まわし、わたしの足の付け根あたりに目をやった。何の変哲もない人間の股関節だ。

「それで、あなたはあなたの愛する特別な女とやらの体に、触れたことはあるわけ？」と彼女は静かに言った。

「**シヲカクウマ**にですか？　まさか。画面を通して、あるいは双眼鏡越しに一方的に見ているだけです」

「一方的に？　彼女に直接会いたくないの？」

「会いたいですよ。だってわたしはそのために生まれてきたんだから。でもわたしが会いたいと言って簡単に会える相手じゃない。それに彼女のほうがわたしに会いたくないかもしれない。彼女の気持ちが、彼女の言葉がわからない以上、無理に会おうとは思わない」

「⑩そしてたとえば、その女があなたに会いたいと言っているとして、彼女に会えるならいくらまで払う？　⑦あなたはまずその女に会えばいい。③私にはあなたの言葉がわからない。⑤だから私は『それってどういう意味？』とあなたに質問することができる。①それってどういう意味？　④でも私たちは会っている。⑥私はあなたほど孤独なヒトに会ったことがない。②あなたが何を言っているのかわからない。⑧順番を変えればいい。⑨彼女の言葉のことは会う前ではなく会った後に考えるの」

「いくらでも。足りなければ命以外のわたしのすべてを売って得た金を使うでしょう」

「本当に過剰なヒト」

彼女は呆れたように言いながら眼鏡を外し、正真正銘の裸になった。

「私の弟の中に、馬主をしている男がいる」と裸が言った。「あれは何番目の弟だったかしら……たぶん年齢的に四十から六十番目あたりの弟。ついこのあいだ親族の誰かのお葬式があって、親族の誰かが話していたの、彼が**シヲカクウマ**を所有しているってね。名前はネアンドゥターレンシス。聞いたことある？　嘘じゃない、調べればわかる」

調べる必要はなかった。ネアンドゥターレンシスはたしかに**シヲカクウマ**の個人馬主で間違いない。**シヲカクウマ**が生まれる前から、わたしはその風変りな名前の馬主に接触する手がかりを何年も探していた。初めてその名前を知ったのは、彼が所有する牝馬の**ユーバーメンシュ**が出走するレース実況を担当したときだった。**シヲカクウマ**の母親である彼女の名前について――「ユ」にアクセントを置いてもいいかどうか――問い合わせるために名付け親の馬主を探すとターレンシスに辿り着いたので、何度か局を通じて取材を申し込んだ。ターレンシスは人工知能の技術開発を行なう、従業員数五十名程度のベンチャーを運営しているのだが、彼の会社の秘書は「伝えておきます」と返事をするばかりで、一度も本人に取り次いではもらえなかった。それでもわたしは諦めきれず、なんとか彼と話ができないか交渉の機会を探った。しかし結局彼に会ったことがあるという人も、彼の顔を知っている人さえも見つけられなかった。会社のホームページに代表のプロフィールページはあったが、写真を載せるべき場所には馬のアバターが置かれているだけだった。極度の人間嫌いらしく、競馬場の馬主席にも入ったことがないという噂があったが、何人かの関係者の話を考え合わせるに噂はほぼ事実と言ってよかった。

根安堂太陽子。根安堂千日紅。ネアンドゥターレンシス。……一族の名前が音楽のようにわたしの耳にまとわりついていた。

「あなたが望むなら、ネアンドゥターレンシスに会う機会をあげましょうか？」と千日紅は言った。「筋金入りのヒト嫌いだけれど、姉の私が頼めばきっと弟は断らない。弟に会えればその女にも会わせてもらえるかもしれないわね。実を言うと、ターレンシスはウマと話すことができる。だからうまくいけばあなたも生まれて初めてウマと話ができるかも——」

「会います」

千日紅は両腕を拡げ、神の声でも聞き取るみたいに天を仰いで目をつむった。

「じゃあ早く、汝のなすべきことをなして」

わたしは立ち上がり、千日紅の手をとった。千日紅の手の中にあった二つのガラスが取り付けられた細い金属をキッチンテーブルに置いた。見るべきものなどもう何もないかのように目を閉じたままの彼女を奥の寝室へと連れていった。ベッドの上には**チャールズダーウィン**の「人間の由来」がちょうど全ページの半分くらいのところで伏せて置かれていた。わたしは本を閉じて枕の下に差し入れ、枕の上に頭が乗るよう彼女の体を誘導した。そうして無事に①ベッドフレーム②マットレス③**チャールズダーウィン**④枕⑤根安堂千日紅の順序で寝かせると、わたしも服を脱ぎ⑥として序列の一員に加わった。彼女は全身に汗をかき、体を小刻みに震わせていた。彼女が求めるものの中にキスのような生殖とは無関係の行為が含まれていないのは明らかだったが、それでもわたしは彼女にキスをすることにした。色々な考え方があるけれどわたしにとってノックをしないで扉を開けるというのは有り得ず、キスをしないでセックスをするというのは論外だった。わたしは自分で自分に名前を付けた日からずっと、自分で決めた順番を守ることによって自分自身を守ってきたのだしこれからもそうして生きていくだろう。わたしは野生動物が各々のルールに従って生きている密林の奥に放り込まれたみたいに五感を研ぎ澄まし、彼女の中に生まれながらにして宿っているはずの美を探した。そして彼女独自の美しさをたしかに自分で発見してから、唯一汗で湿っていない耳たぶの裏に出っ張った骨に口をつけた。病気の猫がやむを得ず人間に助けを求めるような声が彼女の口から漏れると、パンが焼き上がる香ばしい匂いが寝室に立ち上った。それは人類が初めてコムギの栽培に成功したときに嗅いだ匂いだ。そんなものを見たことはなかったのに黄金に輝く穂の海が広大な大地を染めていた懐かしい日をわたしは思い出していた。これ以上我々がここから遠くへ移動する必要はないのだと人類が歩みを止めた土のことを思い出していた。この畑の続く限り我々はここで生きていけばいいと安堵しながら見ていた夕焼けの色を思い出していた。あとはコムギの近くに家を建てただただ朝から晩まで自分の為すべき仕事をしてパンを食べながらいつしか我々を呼ぶ誰かの声を待っていればいい、人類はそう思ったのだ。狩猟採集のための移動に費やしてきた膨大な時間と労力を、これから何に使おうか？　我々はそんな希望に胸を膨らませていた。たとえ数千年後の歴史学者が我々の選択こそ不幸の始まりだったと嘆こうと知ったことではない。我々は定住することなく絶えず移動をし続けるべき種であったと反省しようと関係ない。その瞬間はこれ以上ないほど満ち足りた光景が我々の眼前に拡がっていたのだ。幸せだった。我々が我々であることが幸福だった。夕日の赤を浴びて揺れる穂の茂みから、あなたが今にも姿を現すような素敵な気配がした。

彼女の唇にキスをする前に、「千日紅さんは何人兄弟なんですか？」とわたしは訊いた。彼女は目を閉じたまま、寝言のような返事をした。

「馬鹿なこと言わないで。人類皆兄弟でしょ？」


君たちの時間単位でいうところの二十年もの間、ビは密林の奥地で息をひそめ誰にも理解されない自分の言葉とルールに従いたったひとりで生き延びる。第二次世界大戦終結後も既に戦争が終わっていることを信じずグアムやルバングで潜伏を続けた日本軍の男たちのような、生きているか死んでいるかもわからぬ暮らしだ。そして凍てつくように寒いある日の夜明け、ビは森に分け入ってくるひとりの小柄な男を二四〇〇メートル離れた樹上から目視する。男は獣皮をつなぎ合わせてこしらえた袋に蔓を縫い合わせ、君たちがリュックサックと名付けるものの形状にして背負い、中に複数の槍を入れて歩いてくる。その男がビの仲間を虐殺した集団と同じ種族であることに、ビは一目で気が付く——①全体的にやや華奢な体に、②細長い手足が伸びていて、③頭部はどこまでも転がっていく木の実のように平らかで、④鼻はちょっと指でつまんだだけで取れてしまうかのように細く小さく、⑤眼窩上の隆起がない。小柄な男にはそれらの特徴すべてがあてはまっていた。ビは思った、間違いない、彼らだ。ヒだ。自分は彼をヒと呼ぼう。そのようにして貧弱な体と複雑な言語を持った者にはヒという名前が与えられた。十八世紀に**カールフォンリンネ**が**ホモサピエンス**と名付け、以後数百年にわたりその名が定着することになる種に初めて与えられた名とはヒであった。

口笛を鳴らしながら無防備に歩いてくるヒを捕まえるのはビには容易《たやす》いことだった。かつて仲間が犬を飼い慣らしたのと同じ要領で背後から綱を引っかけ、ヒの細い身体を引きずり木にくくりつける。体の自由を奪われたヒはみずからの状況を理解するとそれほど長くは抵抗せず、口を開いてビに向かって喋り始める。ヒはヒ自身の話す言葉が特別な力を持ち、他人に何らかの作用をもたらすことを知っているので、たとえ両手足を縛られていたとしても口を塞がれてさえいなければ自己を憐れんだりはしないのだった。ビはヒの口内に目を入れんばかりに接近して、ヒの口から溢れ出る音のひとつひとつをビの全存在をかけて聞き入った。

「何だ、おまえはずんぐりではないか？　ずんぐりに会ったのはずいぶんと久しぶりだ。こんなところに生き残っている者がいたとは思わなかった」とヒが言うと、

「βάάάάάάρβααρος」とビは言った。赤ん坊が親の行動を本能的に真似るように、ビはヒの言葉を聞こえるままに模倣した。ビは精一杯にヒの言葉のシャドーイングをしたのだったが、

ヒはそれを言葉であるとは認めなかった。

「うるさい、黙れ、おまえは言葉も喋れないのか？　おまえたちずんぐりが言葉を喋れないというのはなんて惜しいことだろう。もしもおまえほどの図体の者が言葉まで喋れていたら、おまえはこの世界を支配することだってできるかもしれないのだ。おまえは一度もそんなふうに考えてみたことはないのか？　そもそも言葉を持たない者に思考ができるだろうか？　いやできない」

「ぱぶろ、でぃえご。ほせふらんしすこ？　でぱうらほあんねぽむせえの、まりあ。で、ろすれめでぃおす。くりすぴぃんくりす？　ぴああのでらさんてぃしまとぅりにだあど、るいすぴかそ」

　もちろんビとヒを出合わせたのはまったくの偶然であったが、しかしビが言葉を習得する相手としてヒはうってつけの人物であるといえた。というのもヒは相手に言葉が通じようが通じまいがお構いなしに、ヒ自身と会話の壁打ちテニスを延々続けることができる特異な才能を持っていたからだ。ヒはたまたま無口な男ではなく、質問役と反駁役と検証役、その他必要な役柄をひとりで引き受けることにより思考をより洗練させようとする男でもあった。ヒの独り言の中には疑問文があり、それに対する肯定文と否定文があり、平叙文と命令文と感嘆文までもが勢ぞろいしていた。

　ビの咽頭の構造はヒのそれと大部分が異なっており、発声できる音域はごく限られたものだった。ところがあるとき冷たい突風がビの体を通り抜けくしゃみをした拍子に舌を嚙み、口内から思いがけない音が鳴った。それを契機に、ヒの発声する音に近い音を、舌の特殊な運動によって調音する技術を発見したのだ。鳴管をコントロールして人間の声帯模写をする鳥のごとく、ビは長い時間をかけてヒの発音法を身につけていった。言語を体得していくと、ビは流れる時間をとらえることができるようになった。空間を区切ってそこに名前をつけることさえできるようになった。ビはいつでもヒの隣にいて、体じゅうをヒの喋る言葉やヒの名付けた事物の名前たちで隙間なく満たしていたかった。そうしているうちは自分がたしかにこの世に触っていると感じることができすなわち生きていると信じることができ、生きているものは何であれやがて例外なく死にゆく運命にあるとしても、昼と夜とが必ず交互にやってくるように生き物の生き死にが折り重なれば時間と空間の織り成す偶然がいつしか自分の魂とそっくりの色と形をした魂を入れた器をこの世界に生まれさせるから、一度でも言葉が声となって空気を震わすことができたとき自分をこの世界に遣わした者がその声を聞き取り保存しておいてその者にきっと自分の言葉を手渡すだろうし、今まさに自分がそうしているように何人目かの自分がこの自分の言葉を思い出そうとする限り自分は永遠に死ぬことなどないのだと、ビは思うのだった。

マにヒを乗せるよう命じられたビは、最初にヒから言葉を学んだときと同じようにして、マの言葉を理解するべくマから発される音や無音のメッセージを理解しようとする。昼夜を問わずマの傍らに座り込み、マの糞尿や汗の酸化した匂いを嗅いでいるうちに、ビが誇りにしていた嗅覚は日に日に鈍くなっていく。おんなの匂いを嗅ぐこともできなくなる。おんなの匂いを辿ってふらふらと野を駆けまわることもしなくなる。だからといって性欲を失ったわけではないため、ビは雄性生殖器と雌性生殖器の夢を頻繁に見るようになる。ビの手持ちの語彙では説明不可能な、極めて漠とした不可思議な夢なのである。ジークムントフロイトが聞けば嬉々として精神病理に結びつけそうなイメージである。たとえばカジミールマレーヴィチ、ヨシハラジロウ、バーネットニューマンの絵画のような画面にビは取り囲まれている。君たちがいうところの抽象画ばかりを集めた美術館に似た空間に迷い込んでいて、もちろんビはそこを美術館だとも思わないし抽象画であるとも認識しないわけだが、ただ□と■と○と●とで構成された画面の空白部分を埋めたいと本能が欲する。それはカジミールマレーヴィチやヨシハラジロウやバーネットニューマンが登場するずっと前からビの遺伝子の中にあらかじめ組み込まれた欲望だ。欲望はただの空白をたちまち雌性生殖器にしてしまうから、ビはみずからの三本目の足を使って空白を埋めることに没頭する。やがて強い身体の痺れとともに三本目の足の中身が体の外へと放出される。ビを取り巻く混沌から巨大生物を滅ぼす隕石が地球に向かって落下する。隕石と地球が出会う場所に立っている。

彼はその昼を迎える。

地上に住まう者全員を透明にしてしまいそうな強烈な正午の光は、この世を覆い尽くすあらゆる空白が他でもない自分の存在によって満たされていく液体だ。その静かであたたかな感触に身を浸していると、ヒが目に見えないものに向かってわざわざ「幸せ」と名前を付けた理由が、なんとなくわかるような気がする。存在するかどうか定かでないものに名前を付けると目が大きく生え変わり耳が大きく生え変わり体から新しい四本目の足が生えてきてその足が自分を今いる場所よりもよりくっきりとした場所へと連れて行ってくれるような感じがしてくる。存在するかどうか確かめようのない自己存在は、世界の全体を創造した大いなる何者かが見ている夢の一部などではなく、自分こそがこの世に形を与える大いなる者その人であると思う。近くにヒの気配がない。幸せの液体をつくる赤い実でも探しに行っているのかもしれない。ヒに会いたい。夢で見た空白のことを早くヒに話したい。ヒがここにいて欲しい。ヒと言葉を交わしたい。この気持ちに名前を付けて欲しい。

ビはまどろみながら大気と水をきらめかせる太陽の方向へ寝返りを打つ。すると、すっかり人類の傍らで寝起きすることに慣れた大きな獣が、四肢を折りたたみくつろいでいるのが見える。春の風が草原をやさしく撫ぜて緑を波立たせていくように、彼女の呼吸に合わせて体毛の上を光がなめらかに移動する。ビは理解する。色々の色の様々な様子の生命がある中で、なぜ木があのような形をして、なぜ自分はこのような体で、なぜマがそのような在り方で存在しているのかを。なぜマの背はこうも広く、また目にも留まらぬ速さで四つの足を動かすのに、まるで大事なものを乗せているかのように平らかな背の形を保ったままでいるのかを。大きく艶やかな彼女の体の表面に、ビは凝縮された世界の姿を見る。ビの体を構成する諸々の器官を通して、すべての現象が立ち入ってくる。世界が首を傾ける。世界が耳を動かす。その運動の向こう側に、風景が出現する。夜のように果てしのない眼が彼方を見つめる。果てしのない時間が見つめ返してくる。そのように発生したある秩序に向かって、四つの足が直立し、歩きだす。時が動き始める。それは生きているのだ。

そしてその生命は時間と優雅に戯れながらとてもゆっくりとあくびをするのである。前に突き出た頑丈な顎が開かれ宇宙の深淵が手招きし、その中に体ごと飲み込まれそうになる感覚を覚えた瞬間だった。ビは前歯と奥歯のあいだに拡がる奇妙な空白を、唾液の水の中から発見する。その空白が語る無限の可能性に、ビの体は打ちのめされる。初めて自分の名前をヒに呼ばれたときと同じ衝撃が、ビの神経にびりびりと流れ込んでくる。空白。クウハク。くうはく。

それは我々をこの世界に連れてきた——だ。

どこからともなく空白を埋めるだけの具体的な物質のイメージが、突如として頭の中に固定される。木の枝。束ねた蔦。地中に眠る岩石。洞窟の天井から滴り固まる水。動物の骨。肉。皮。いかなる物質であれそれはマの前歯と奥歯のあいだにぴったりとおさまらなくてはならない。両端に穴を空けなければならない。穴に綱を通し、ヒにそれを握らせるために。そうしてマとヒをつなぎとめておくために。手綱を通してヒの意思をマに伝え、マの体をヒに伝えるために。

いつかしっかりと手綱を握りしめたヒは、マに乗りながらこう言うだろう。

「我々はマをつかまえたのと同時に風をもつかまえたのだ。手綱を握っているのと同時に風景をも握っているのだ。マに乗っているのと同時に時間に乗っているのだ。我々の手の中に世界があり、我々はこの世の果ての、果ての向こう側の世にも行く」

「おおまえはほんんとぅにおもしろおいい」とビは答えるだろう。自分用に調達したマの上で、ヒのマと並走する風の中で、ビの声が笑うように揺れるだろう。

マの背に乗って流れる風景に身をゆだねる感触は、三本目の足をおんなに入れるのと同じくらいに気持ちが良い。自分の命がこの世でもっとも高速で移動するのを感じる。どんなに獰猛な動物があらわれようと、ヒとビから食糧を略奪しようとする集団に出くわそうと、マに乗ったヒやビに追い付ける者はもはやいない。走るマに乗ったまま槍を放つヒに遭遇すれば、誰もが茫然として恐怖におののき、平静心を失ってしまうからだ。獣と人が一体化した異様な姿は、きっと神か精霊の類に見えることだろう。

しかしヒは世界の果てに辿り着く前に落馬して死ぬ。険しい山道をマに乗って移動する途上、マがくしゃみをするために足を止めた拍子にヒは振り落とされ、切り立った崖から真っ逆さまに谷底へ落ちていく。ビもまた底無しの孤独の中に振り落とされる。だが、それは一時的な孤独であり、マの乗り方を覚えたビは既に世界を手の中におさめている。一日の移動距離が飛躍的に伸長したことにより、ビは次から次へと新しいおんなの新しい匂いを嗅ぐことができる。それまでのおんなとは何だったのかと思うような素晴らしくそそられるおんなたちのところへマはビを連れて行く。ビは新しいおんなたちの新しい空白を埋めることに忙しく、孤独を思い出す暇もない。そして数えきれないほどの空白という空白を埋める最中、この世で一番大きな空白を抱えたおんながビに向かって言ったのだろう。

「おまえのことばと、おまえのけものの、のりかたを、わたしにおしえてくれないか？」


あなたなら知っているだろう、生まれつき生殖器を備えているからといって、すべての動物が例外なく生殖行為を好むわけではないと。

一九一一年にアイルランドで誕生した競走馬に**ザテトラーク**がいる。彼はニューマーケット競馬場の芝一〇〇〇メートル、スタート直後から他馬を大きく引き離して輝かしいデビューを飾ると、その後も圧倒的な強さを見せ、たちまちイギリス競馬最強の快速馬として活躍した。コヴェントリーステークスにおける**ザテトラーク**と二着馬との着差は十馬身とされているが、これは他馬の馬主の名誉のために主催者側が忖度した記録であり、実際には五十馬身の差が開いたとの逸話が伝えられている。芦毛の馬体が黒い斑点模様で覆われていたことから

Spotted Wonder《驚異のまだら》の異名をとったこの牡馬は、調教中に右前脚を負傷し、デビューからわずか二年で引退した。引退後は種牡馬として快調なスタートを切るとイギリスのリーディングサイアーとなり、その産駒《さんく》は日本でも**トキノミノル**などの活躍馬を輩出した。しかし、種牡馬としての彼はある致命的な欠点を抱えていた。種付けを極端に嫌っていたのだ。その馬っ気の無さ、射精に要する時間の長さは牧場の生産者をおおいに困らせた。だからといって類まれな血統を後世に残さないわけにもいかない。彼の種付け料は五百ギニー、一回射精するかしないかで牧場の経営に多大な影響をもたらす額だった。彼がどんなに種付けを嫌がろうと、生産者は簡単には引き下がれなかった。そこで**ザテトラーク**も**ザテトラーク**なりに、どうすれば種付けをせずに穏やかな余生を送れるかを思案したらしい。結果、彼は交配中にわざと尻尾の付け根を痙攣させるという芝居を打つことにした。実際には何も感じていないのにもかかわらず、あたかも射精したかのような演技をし、生産者の目を欺くことで生殖行為を終わらせたのだ。もちろんわたしは根安堂千日紅とのセックスにおいて**ザテトラーク**のような細工はしなかった。体質的に服を着ていない状態で嘘をつくことができないし、心が愛に満ちていて演技をする余裕なんてなかった。

二週間くらいあとで千日紅から電話があり、ネアンドウターレンシスの家の住所を教えてくれた。ターレンシスの自宅は岩手の山深い場所にあった。でもGoogleマップを見てみると、彼の家が所在するはずの場所の一帯は黒く塗り潰され、やくざの車みたいに外からは何も見えないようになっていた。個人情報保護を理由にGoogleに申請を出せば地図にモザイクをかけられることは知っていたが、そこまで完全に目隠しをされているのは見たことがなかった。ターレンシスの自宅までの経路を調べると在来線と新幹線とタクシーを乗り継いで三時間以上かかるとわかった。それなりにタイトなスケジュールにはなるけれど、休日を丸一日使えば日帰りはできる。が、ターレンシスが指定した日は、ちょうどGⅡの実況がある日曜日だった。

「どうにか別の日に変えてもらうことはできませんか?」わたしは電話越しに千日紅に言った。「仕事の後に競馬場から直行したとしても、夜の十時を過ぎてしまいます。翌日の月曜日なら始発に乗れるのですが」

「変更はできない」と千日紅は言った。後ろで猫が喧嘩している声がした。「ターレンシスを我々と同じ種であるとは考えないで。人間の都合に合わせて動けるような男じゃないから。彼が十一月の第一日曜日と指定しているということは、十一月の第一日曜日以外は会えないということなんでしょう。でも逆に、その日のうちに間に合うなら夜遅くなっても構わないんじゃない」

「さすがに夜中にご自宅を訪問するのは人として失礼ではないでしょうか」

「言ったでしょう、彼は私たちとは別の種なの」と彼女は言った。

十一月の第一週に行なわれたレースは、

「今朝まで降り続いた雨が嘘のように、すっきりと晴れ渡る秋の空が芝生を青々と輝かせる東京競馬場のメインレースは、第……回アルゼンチン共和国杯です。芝二五〇〇メートルに十八頭立て。解説はオオオオオカヤマタダタダタカさんです」で実況を開始した。人の名前を噛んだのはアナウンサーになって以来初めてのことだった。レースは人気順と着順がおおむね一致する安定した展開のまま波乱なく終わり、

「圧倒的な人気馬が期待に応えて強い競馬を見せました」で締めくくった。午前中に美術館に行かなかったことと、夜の予定に気を取られていたことで仕事にはまったく集中できていなかった。馬の名前だけはなんとかミスせず乗り切ったが、オオオカヤマの解説も勝利ジョッキーのインタビューも何も頭に入って来なかった。レースには出走していない彼女のことをずっと考えていた。

番組が終わり、オオオカヤマの夕食の誘いを断り、残った雑務と関係者への挨拶を手短に済ませると、十八時過ぎに府中本町から東京行きの武蔵野線に飛び乗った。武蔵浦和で埼京線に乗り換え、大宮で東北新幹線の切符と弁当とコーヒーを買った。セーターの上に薄手のコートを着ていたけれど、夜の空気はすっかり冷え込んでいて、大宮駅のホームに立っているだけで悪寒がし始め十回連続でくしゃみをした。たかがくしゃみでおそろしく体力を消耗し、本格的に気分が悪くなってきた。人もまばらな新幹線の座席で小さくなり、だんだん熱を帯びていく体に弁当を押し込んでしまうと、新花巻で降りるまではほとんど目を閉じていた。眠ってはい

なかった。そうするつもりで目を閉じたわけではなかったけれど、わたしはいつからか、この火照った体がどこかに向かって風を切りながら高速で運ばれていることを感じようとしていた。でもどんなにイメージを膨らませようと、自分がたしかにA地点からB地点へと移動している感触を見つけられなかった。

わたしを乗せた新幹線はやがて仙台を過ぎ、北上を過ぎたことを知らせる車内のアナウンスがあり、新花巻に着いていた。駅前でタクシーを拾い、ドライバーにターレンシスの家の住所を伝えた。かなり鈍い運転で十五分ほど走った後、

「目的地まで残りおよそ五十メートルです」と車内のナビゲーションが言った。そうは言われてもにわかには信じがたいほど何もない山の中に、ターレンシスの家は突如として出現した。辺りは真っ暗で全貌をちゃんと見通せたわけではなかったが、過疎地域の風景にまったく溶け込む気配のない立派なモダニズム建築がそびえ立っていた。アンドウタダオが設計した表参道ヒルズの端っこをチーズのように切り取ってきたような外観だ。これだけの建材をこんな山奥に運んでくるだけでも大変だっただろう、と余計な心配をしながらわたしは金を払ってタクシーを降り、玄関のインターフォンを鳴らした。夜の十時を回ろうとしていた。

何の反応もないまま四回目のインターフォンを鳴らし、千日紅に電話をかけてみようかと考えていると、風が木々を揺らすざわめきの間隙から、規則正しいリズムで近付いてくる軽やかな足音が聞こえた。蹄の音だ。

「君だね。よく来てくれた」

やわらかな声とともに、闇夜と溶け合う青鹿毛《あおかげ》の馬体が見えた。彼がこちらに向かって足を一歩踏みしめるごとに、夜と馬との境界がつくられ馬の形が徐々に浮かび上がっていった。わたしは彼を知っていた。鼻梁を真っ直ぐにすっと流れる白斑に見覚えがあった。

「**エターナルリターン**」わたしは彼の名前を呼んだ。**シヲカクウマ**の母親の父親だ。

彼の隣に寄り添うふっくらとしたダウンを着こんだ人間が頷き、

「うん。このとおり、とても元気だよ。ここには迷わずに来られたかな？」と言った。

「どうしてこんなところに君が」

目の前に現れたサラブレッドに意識が持っていかれ、わたしはネアンドウターレンシスの問いに返事もできなかった。脳裏には約十年前に競馬場を駆けていた**エターナルリターン**の古い映像が流れていた。新馬戦で一勝したあとは目立った成績を残さなかった馬だが、よく磨かれた黒い真珠のような毛並みは忘れがたかった。彼は今では馬具をひとつもつけていなかったが、触れることをためらわせる神秘的な毛の艶は健在で、それが目と鼻の先にあることが今ひとつ信じられなかった。その毛の中に埋め込まれた二つの深い瞳が、放心するわたしを観察していた。

「中に入ってからたっぷり話そう」

ターレンシスは玄関の扉を開け、**エターナルリターン**とともに家の中に入っていった。

表参道ヒルズの中身は、思った以上に平凡な住宅だった。仕切りのないだだっ広いLDKには冷蔵庫があり、オーブンがあり、ソファがあり、テーブルがあり、TVがあり、また部屋の広さに合わせてしつらえたらしい壁面収納があった。家具は洗練されていて余計なものが何も置かれていないモデルルームのようだった。ただし、その人間向けの住宅の内部をサラブレッドが歩き回っていることで、やはり平凡とはほど遠いシュルレアリスム的空間になっていた。

そしてターレンシスが奥の部屋へと続く引き戸を開けると、栗毛の馬がもう一頭、頭を揺らしながら歩いてきた。わたしはもうそれほど驚いてはいなかった。ただあらためてサラブレッドの大きな体に、大きな体だ、と思い、大きな生命と比較した場合の自分の頭から足までの面積の大きさを今いちど自覚していた。

「彼女は地方競馬で走っていたんだ。**エターナルリターン**と同期だよ。名前は**フォトフィニッシュ**。よろしく」とターレンシスは言った。

「地方競馬でしたか。よろしくお願いします」わたしは彼女に向かって挨拶をし、右手を上げた。が、彼女はわたしには見向きもせず、**エターナルリターン**の体に鼻先をつけにいった。

「色々と準備をしてくるよ。好きなところにかけていてくれ。お腹はすいてない？　コーヒーでいいかな？」

「コーヒーだけいただきます。ありがとうございます」

ターレンシスはダウンを脱ぎ、小さな箱の中に何年も押し込んでいたような皺だらけの白いシャツ姿になった。裾はほつれて長い糸まで出ていたけれど、堂々とした姿勢やひきしまった体格のせいか、不思議とみすぼらしくは見えなかった。八〇年代のヨウジヤマモトのコレクションだと言われれば素直に納得してしまいそうだ。彼の見た目から年齢を割り出すことはとても難しかった。馬を見慣れていない人が新馬と古馬を見極められないのと一緒だ。大学を出たばかりのようにも見えるし、大学生の子供がいるようにも見える。長く垂れ下がった前髪からちらちらと見える目は暗く、瞳の表情が見えにくい。

彼はまずTVをつけて音量をミュートにし、壁面収納から取り出したDVDをプレーヤーの中に入れた。リマスタリングをしていない画質の粗い白黒のサイレント映画が画面に映し出されると、一度つけた天井照明を消して部屋を暗くし、三つの間接照明をつけてまわった。そのあとすぐにキッチンに行ってエスプレッソマシンを動かし始めたところを見ると、ターレンシスは自分が鑑賞するために映画を再生させたのではないようだった。彼の二頭の家族はTVの前を行ったり来たりしていた。厚いカーペットの上では蹄の音は聞こえなかった。

再生されていたのはフリッツラングの「メトロポリス」だった。二〇二六年を舞台にした、一九二七年に公開された映画だ。サイレント映画はほとんど観たことがなかったけれど、百年前にフリッツラングが想像した百年後の世界にわたしはすぐに引き込まれていた。それは決して古臭く退屈な映画ではなかった。むしろ色と音の無さ、台詞や情報量の少なさが、映像に妙なリアリティを与えていた。もしも歴史のどこかの地点で出来事の起きる順番や生まれる人間の順番が少しでも違っていたら、たしかにこんな未来もあり得たかもしれないと思わせるだけの説得力があった。

Seht ! Das sind Eure Brüder !　見なさい！　あの人はあなたたちの兄弟ですよ！

字幕が画面いっぱいに映されたところで、ターレンシスが浮き輪ほどの大きなサラダボウルを持ってリビングに戻ってきた。ボウルが床に置かれると、二頭の馬は身を寄せ合いながらみずみずしいグリーンサラダの中に顔を突っ込んだ。

ターレンシスはわたしのところにもサラダとコーヒーとパンの盛り合わせを持ってきた。

「よかったら食べてくれないかな。コーヒーだけというのもなんだかもったいないからね。コーヒーという飲みものは、何か、別の、味と、味を、合わせて、こそ、本来の、力を、発揮すると思うんだ」

パンはたった今温めてきたばかりらしく、コムギの香ばしい匂いが立ち上っていた。デニッシュ。カンパーニュ。エピ。フォカッチャ。キッシュ。ベーグル。チョコチップマフィン。匂いに刺激されてわたしは急激に空腹を感じ、礼を言ってデニッシュに手を伸ばした。何層にも重なった薄いパン生地に歯が食い込むと、弾けるような音がバターの香りとともに口の内側から耳へと通り抜けた。その音はデニッシュという食べもののもたらす幸福を嫌味なまでに強調していた。

「他者と他者が互いのポテンシャルを引き出し合う。そこに、他者と、他者が、ともに、生きる、意味が、ある」とターレンシスは言った。何か大事なことを言おうとするとき、おおむね三音節ずつ区切って喋る癖があるようだった。**ぱから、ぱから、**と蹄を鳴らすギャロップのような軽快なテンポだ。ターレンシスはわたしの対面のソファに腰を掛けた。わたしはコーヒーを一口飲んだ。豆を直接食べているような濃厚なコーヒーで、どんなパンと合わせてもコムギが負けてしまいそうで、わたしの凡庸な舌の上ではじゅうぶんにそれらのポテンシャルを引き出すことができなかった。

「昨晩、君が司会をしている情報番組を見たよ」と彼は言った。「今日の午後の、君が実況したレースも見た。競馬番組って初めて見たな。実を言うとレースにはそこまで興味がないんだよ。自分の馬が勝とうが負けようが、僕としては正直どちらでもいい。僕は小さな会社をやっているのだが、競馬好きな社員がいてね、レース選びから調教師との連絡から、みんな彼に一任している。僕自身は馬主としての取材はほとんど受けない。競馬のことで何か質問されてもよくわからない。JRAという組織についても詳しくない。僕が**ユーバーメンシュ**や**シヲカクウマ**の馬主になったのは、ただ彼らの命名権が欲しかっただけなんだよ。他の、誰にも、彼らに、名前を、付けて、欲しく、なかった」

ターレンシスの発音する**シヲカクウマ**と**ユーバーメンシュ**のアクセントが思ったとおりの位置に置かれていたので、わたしはほっとした。

「誰にも彼らを間違った名前で呼んでほしくなかった」と彼は繰り返した。「少なくとも日本の馬名ルールにおいて、限りなく誤解の少ない名前を彼らに与えることができたと思っているよ。人間が付けた名前で馬がレースを走るとき、どんな馬も一様にただ馬が走っているようにしか見えないなら、最初から名前を付ける意味なんてないからね。シロツメクサが学校の校庭に生えてようが道路に生えてようがみんな一様にシロツメクサと呼ばれても不自由がないように、名前を呼び分ける必要はなくなる。**シヲカクウマ**が走っているとき、不思議なことにほとんどの人は、ただ牝馬が走っているようにしか見えないらしいんだが……、でも僕が名前を付けることによって、彼女の詩に注釈くらい付けられるんじゃないかと思ったんだ。彼女はただ走っているんじゃない、詩を書いているのだと。たまたまサラブレッドの形をして生まれてきただけで、本当は詩人なのだとね。そういえば彼女は春のレースで、直前に出走できなくなったそうだね？」

「はい。ハミが壊れて、返し馬で騎手を落として、そのあとの馬体検査に引っかかって」とわたしは答えた。

「そう。でもこればかりは仕方ないよ」彼は憂いを帯びた目と目の間に指を置いて言った。「レースをする以上、怪我のリスクがあるのは馬も人も同じだからね。僕も彼女が何を思って騎手を落としたのかはまだ聞いていないが、詩人が毎日素晴らしい詩を思いつけるわけでもないだろう。最近彼女とは話ができていなくてね。たとえ馬主であっても、現役の競走馬は調教やら遠征やらでゆっくり話もさせてもらえないらしい」

「ネアンドウターレンシスさんは馬と話ができる」わたしはすかさず言った。「千日紅さんからも少し伺っていますが、それについて詳しくお話を聞かせていただけませんか？　今日はそのためにここまで来たんです。わたしは馬と話をしなくてはいけない。そして彼らの言葉をできるだけ正確に人々に伝えなくてはいけない。わたしはそのために生まれてきた。でも、わたしには彼らの言葉が聞こえない。彼女の書く詩が読めない。詩を理解するセンスがない。どうしたらいいか、教えて欲しいんです」

「なんだ、そんなことか」

ターレンシスは慈愛に満ちた目で微笑み、目にかかった長い前髪を左右にかき分けた。それは彼にとっては何でもない仕草だったのだろうが、しかし前髪の中から露わになったものにわたしは目を見張り、息を飲んだ。まるで鼻や顎にプロテーゼを入れて美容整形した人みたいに、額の全体が立体的に盛り上がっていたからだ。硬い板をはめこんだようなその不自然な隆起が、彼の瞳に暗い影を落としていたのだった。

「馬と話すくらい、リーディングジョッキークラスなら誰でもできることだよ」と彼は眉あたりの筋肉を動かしながら言った。するとかき分けた厚い前髪はまた自然と元に戻り、眼窩上の隆起を覆い隠した。わたしは彼の額から受けた衝撃と動揺を誤魔化すため、

「じゃあ……、あの、それは、あの、**タケユタカ**さんも？」と適当な言葉をつないだ。

「もちろん。優れたジョッキーは馬と話をするよ」と彼は淡々と言った。「人馬一体という言

葉は単なる比喩じゃない。僕らが共通の言語で言葉を交わすように、騎手は馬と体を共有し、肉体を通じてメッセージを交換し合っているんだ。僕が馬としている会話も、本質的にはそれと同じことなんだよ。ただ**タケユタカ**さんが僕と違うのは、馬から受け取ったメッセージをわざわざ言葉に変換しようなどと思わないところなんだね。彼は馬に乗り、ベストコンディションで馬のポテンシャルを引き出しさえすれば、鮮烈なビジュアルイメージとして馬の美しさを人々の意識に植え付けることができる。けれど残念ながら僕にはその手の才能がない、騎手になるには僕の体は大きすぎるしね。だからまどろっこしいようだけれど、馬のメッセージを逐一我々の言葉に通訳して理解しないといけないわけだ。ちょうどドイツ映画に日本語字幕をつけていくようにして。もちろん本当の意味で**フリッツラング**を理解したいならドイツ語を一から勉強するべきなんだよ。でもそうこうしているあいだに次から次へと新しい映画が公開されてしまう。倍速で再生したってすべての映画には追いつけない。こんなにも人類を忙しくしているのは、一体誰の意志なのだろう？」

馬の意志？

わたしがそう問い返そうかどうか迷っていると、彼はひとりで納得したように頷いた。

「うん、うん、そう、そうだよ、そうなんだね。僕が馬を通訳したり、名付けをしなくてはならないのは、結局のところ、人類が忙しすぎるせいなんだろうな、その通りだ。医療技術が発展していくら寿命を延ばしたところで、人類には、永遠に、時間が、足りない。だから車だの新幹線だの飛行機だの、より速い乗り物に乗らなくてはいけなくなるんだな。ああ、そうなんだよ。そして速い乗り物に乗ることで節約した時間を、さらに別の忙しさで埋めていくわけなんだね。もちろん飛行機に乗ればA地点からB地点へ移動はできるよね。だけど飛行機がどういう構造をしていてどんな原理で動いているかなんて、ほとんどの人はきちんと説明ができない。そんなことは**ライト兄弟**にでも考えさせておけばいいと思っているからさ。でもさ、機内食を食べて、CAとお喋りをして、アイマスクとヘッドフォンで耳目をふさいで眠っていることが、果たして本当の移動といえるのか、僕には疑問なんだ。そもそも移動した先に何が待っているのかを事前に調べて脳内で完結するなら、もはや肉体がどこかへ移動する意味などないのでは？　人類が鉄の塊に乗るのをやめて、全員が馬に乗るようになれば、誰だって自然と馬の言葉を理解するようになるはずなんだが、知ってのとおり、時間は、元には、戻ら、ない。……それで、ああ君は」彼はそこに人間がいることを急に思い出したかのようにわたしを見た。「馬と話がしたいと言ったね？」

「はい」とわたしもまた彼を見た。

「まず確認しておきたい」彼は手を使わずにコーヒーカップに口を近付け、豆の油の浮いたコーヒーの表面をすすった。「君は、TVに出て、人を乗せた馬の移動速度を競うレースの状況説明をして、その着順をアナウンスし、人々に伝えることによって、賃金をもらい、生活している人、だね。合っているかな？」

「合っています」
「でも君が今の仕事を選んだのは、決して金や生活のためじゃない。いうなれば……ん？　あ
あそうか、愛のため」
「愛のためです」わたしは限りなく正確に二つの母音を発音した。あ・い。
「そして君は騎乗する以外のアプローチで馬を理解しようとする者なんだ。馬と、人の、新し
い、契約、を結ぼうとする者だ」
「わたしたちはまだ会ったばかりなのに、なぜそれを知っているんですか？」
「馬から聞いた」と彼は言った。わたしが何か野暮な質問をしてしまったんじゃないかと思う
ような声だった。
彼はおいしいパンの焼き方の手順でも説明するみたいな調子で話を続けた。
「君は、馬の言葉が聞こえないと言ったね。でもそれは、本当に、本当のことなのだろうか？
というのはだね、馬のあいだでは、君のことは既に噂になっているからなんだ。結構な数の馬
たちが、君に実況されたがっている。君に名前を呼ばれたがっている。つまり、期待の新星な
んだよ、君は。わかるかな？　君のような特殊な手段で馬に近付こうとする人類じたいが、彼
らにとってはずいぶんと久しぶりなんだね。最後に君のような人類が現れてから優に百年は経
過しているからね。そしておそらく君も承知している通り、人類はことごとく馬を正当に理解
することに失敗してきたわけだ。それで現状こういうことになっている。わかっているね？

みんな惜しいところまではいくのだけれどね、最後の一歩が足りない。どうしても足りない。だから、君を逃したらまた一世紀以上待たないといけないんじゃないか、いや、このペースでは何世代待とうともう二度と現れないんじゃないかと、彼らも彼らで不安なんだよ。根は本当に臆病な動物だからね、うん。君に対してどのようなアプローチをとるべきか、彼らも探しあぐねているという状況なんだ。君には聞こえていないのかな?」

わたしは言葉を失った。言葉が声にならないだけではなく、意識の上でも言葉が言葉の形を成さなかった。見たこともない前衛的な作品ばかりが展示された美術館にでもいる気分だった。

「まあ、馬たちが君の扱いに慎重になるのもわからなくはないよ。何といってもTVは未だに強力な影響力を持つツールだし、それに百年前とは違って、今ではインターネットとSNSまで浸透している。君が少しでも公共の電波を使って変なことを言おうものなら、不適切の烙印を押されてメディアから一発退場だからね。とはいえ、一貫性と政治的正しさと共感を集めることに徹した言葉を選んでいくとなると、最後は誰もが同じ言葉を喋る未来しかないんだよね。つまり言葉は死んでいくしかないんだよね。『わたしたちの未来はどうなっていくのでしょうか。わたしたちは一体、どこへ行こうとしているのでしょうか。本日は貴重なお話、ありがとうございました』と、空疎な問いかけの前に立ち止まるしかないね。新しい詩が生まれる空白が空白ごと消え去っていくんだね。まったく、どうしたものだろうね? ここ一、二年、君が本格的に競馬実況を担当するようになってから、馬たちは明らかに動揺し、落ち着きを失っている。君には本当に、彼らの声が一言も聞こえないのかい？　それが僕には信じられなくてね。……最近、馬の様子がおかしいと感じたことは？」

わたしは食べかけのマフィンを持ったまま、長いあいだ黙っていた。

「レース前後に放馬する子が増えているのは事実です」とやっと答えたとき、わたしの声は親に叱られた子供のように力を失くしていた。「でも……『ようすがおかしい』のは人間も同じです……馬名のルールが変わったのに、誰もそのことを気にしていないんです。これまでは二文字から九文字の名前の馬しか存在していなかった。それが今では十文字の馬が三十頭を超えてしまった……『いじょう』です。にもかかわらず、『いじょう』なのはわたしのほうなんじゃないかと思うくらい、みんなおそろしいほど……『ふつう』なんです。まるで何にも起こっていないかのようにみんな……『ふつう』の顔をしてこれまでどおりの『せいかつ』を続けている。十文字の馬が実際にレースに出てくるのも『じかん』の問題でしょう。でも先ほどあなたがおっしゃったように、メディアでの発言にはよくよく『ちゅうい』を払わないといけない。たとえわたしが『いじょう』だと思っていても、それが大多数の人にとっての『いじょう』でなければ、『いじょう』と言うことは許されない……わたしの言いたいことは、おわかりいただけるでしょうか」

「なるほど。思っていたより事態は深刻みたいだ」と彼はすべてを理解したように言った。どれほど婉曲的な話し方をしようと、彼にはこちらの意図が一から十まで伝わったようだった。

彼は再び前髪を左右にかき分けた。今度はかき分けた髪が戻ってこないよう、ぴっちりと両耳にかけた。彼の目の上の隆起は、それじたいが言葉であるかのようにわたしの心に何かを訴えていた。ネアンドゥターレンシス。わたしたちにとてもよく似た姿形の二足歩行の動物でありながら、しかし到底わたしたちと同じ種であるとは思えぬ特殊な額を持つその男の名を、わたしは心の中で何度も唱えた。Emily Elizabeth Dickinson がエミリーディキンソンになったりエミリイディキンスンになったりエミリディッキンソンになったりするように、ネアンドゥターレンシスもまた、外国語の音を応急処置的に日本語表記に押し込むことによって初めて存在している名なのだろう。彼が本当はどのような名前をしていて、それがどのような意味を持った詩であるのか、わたしは時間をかけて自分で考えてみたくなった。

「わかったよ」彼は腹をくくったように言った。「そういうことなら急いで始めたほうがいい。君はこれから一晩かけて、最低限の馬の言葉を習得する。いいね？」

「はい。そのためにここにいるんです」

「東京に帰ってからも独習できるように、とにかく明日の朝までに馬語の基本文型と、辞書の使い方くらいは覚えてもらうよ。僕もプロの語学教師というわけではないし、こんなことは誰にもやったことはないけれど、僕は君に対してそれをやる。なぜなら僕は、君がちゃんと馬を信じ、愛している人間だと感じるからだよ。彼らを理解するためなら、人間であることすらやめてくれる人間だと思うからだよ。だから教える。君は、馬を、愛している？」

「愛しています」わたしはその部屋にいる全員に対して言った。

「始めよう」彼は立ち上がり、わたしの頭の上に両手をそっと置いた。「もっとカフェインを摂取するといい。目と、耳を、獣の、ように、研ぎ、澄ませ、僕が話す一言一句を漏らさず書き取るんだ。馬の、言葉を、この頭に、体に、叩き、込むんだ。紙とペンを取ってくる」


ターレンシスは壁面収納の二つの扉を両手で開けた。彼が紙とペンを探しているあいだ、二頭の馬は「メトロポリス」の前をうろうろしたり、ソファの上の毛布やクッションを顎でつついて遊んだりしていた。明日の朝には彼らと初歩的な挨拶くらいはできるようになっているのかもしれないと思うと、東京から長距離移動をしてきて溜まった疲労や、発熱による体のだるさが嘘のように消え去った。わたしはカップの中の濃いコーヒーを流し込み、ほうれん草とベーコンときのこのキッシュにかぶりついた。


ターレンシスは紙とペンの束と、一リットルほどのタンブラーになみなみと注いだコーヒーを持ってきて言った。

「君は我々を馬だと思え」

さっきまで羽のようにやわらかだった彼の声質は、完全に中身が入れ替わったみたいに硬質で厳しいものへと変化していた。咽頭に特殊なスピーカーでも付いているのかと思うほどの地鳴りのような響きがし、その話しぶりは権力者が目下の人間に力の差をわからせるかのように威圧的だった。**フォトフィニッシュ**が異変を察知し、耳をぴんと立て、水晶のような瞳をこちらに向けた。

「いいか、今からそのくだらん頭の中身をいったん全部取り出して、隅から隅まですっかり取っ替えちまうのだ。我々は、『……と馬が言った。』などといちいち注釈を入れながら話す気は毛頭ない。今までここにいたネアンドウターレンシスという男のことは忘れろ。君の目の前にいる言葉を発する動物は馬だ。この世にこれまで存在したすべての牡馬だ。わかったな」

「わかりました」とわたしは言った。本当は「ちっともわからん」と言いたいところだったが、もうそんな時間はなかった。そもそもこれからわたしが聞く言葉の中に既知の言葉などはひとつもありそうになかった。わたしは牡馬が持ってきた紙とペンの束の中から適当なものを選び、聞こえたままに彼の言葉をそこに書きつけた。

「まずは歴史の話から始める。つまり人類がこの世界まで移動してきた道程の話だ。馬と人の物語だ。なぜ歴史の話から始めるのか？　それは君が現代を現代的な時間感覚でしか生きてこなかった現生人類だからだ。時間的枠組みと整合性の中で物事を理解する脳の構造をした動物であるからだ。

しかし我々は、君たちがとらえているような時間で時間をとらえてなどいないのだ。したがって我々の歴史は①過去②現在③未来ではなく、①現在②過去③未来の順で語られる。慣れるまでややこしく感じるだろうが①過去②現在③未来の順番で人類が時間を認識するようになったのはつい最近の話なのだ。そして君たちを縛りつけている時間認識と論理性から完全に解き放たれたとき、君たちは今よりも我々に近付いていることだろう。

さて①現在だ。君は歴史の起点、馬に近付こうとする①人目の人類ということになる。君は西暦一九九二年にこの世界に誕生した。

まず断っておくが、ここでいう西暦とは二〇〇七年に**ウオッカ**が日本ダービーを制する日まで君が信仰していた宗教の創始者とは何の関係もない。わかっているな？　あの男の誕生日や、あの男が死んでよみがえったりしたことと、君たちに流れている時間とは、何の関係もない。話をシンプルにするために便宜的に借用しているだけだ。その証拠に、これから話す歴史は最終的には西暦元年よりもさらに過去にまで及ぶことになる」

「もちろんです。あの男は、何の、関係も、ありません」わたしは自分に言い聞かせるように言いながら、馬の言葉を書き取った。

「そうだ。あの男は**ダビデ**、**アウグスティヌス**、**トマスアクィナス**、**ダンテアリギエーリ**、**フヨードルドストエフスキー**、**ウチムラカンゾウ**、**エンドウシュウサク**といった優れた詩人を生み出したが、一方で**ニコラウスコペルニクス**、**ガリレオガリレイ**、**チャールズダーウィン**の思想を排除し、言葉の可能性を狭めもした。あの男が悪人だという気はないが、だからといって人類が妄信すべき絶対者でもない」

「おっしゃるとおりです」

「しかし君、本当に人間か？　人間のわりには声に記憶が染みついていないようだが」

「そうなんですか？」わたしは馬の目を見た。馬の目の中のわたしがわたしを見た。

「まあいい、些細なことだ。では②人目の人類に移る。ちゃんと話についてきているか？　さっきも言ったように、②人目が我々の前に現れるまでに百年以上の隔たりがある。そしてこの十九世紀末という時代は集中的に三人の人物が登場するが――」

「すみません、ひとつだけ質問してもいいですか？」わたしは恐る恐る口を挟んだ。「あなたは一体、いつから生きている馬なんでしょう？」

「我々はこれまで存在したすべての牡馬だ」彼は斜め上方向に顔を傾け、まだらに影の落ちた目でわたしをさげすむように見下ろした。「君もたかだか三十数年しか生きていないくせに、数千年のあいだに蓄積された知見に指先ひとつでアクセスしたり、とっくの昔に死んだ哲学者の言葉を我が物顔で引用して教養をひけらかしたりするだろうが？　記憶や情報は何も人類だけの専売特許ではないのだ。もっとも我々には書物もWi-Fiも必要なく、記憶を世代から世代の血の中に流し込む。これが我々のやり方だ。質問は最後にまとめてしろ。話がとっちらかると頭の中で幼虫が這いずってかなわない。とにかくすべての名前を書き留めろ。さて、十九世紀末だ」

　馬は鼻孔から勢いよくふんっ、ふぐがっ、ふがんがっと鼻息を出した。そのとき巻き起こった突風にびっくりしてわたしは目をつむった。

「②人目は一八九一年**ヴィルヘルムフォンオステン**、ドイツ人、数学教師の男。③人目は一八八九年**フリードリヒニーチェ**、再びドイツ人、哲学者の男……懐かしいな。**フリードリヒニーチェ**君も、なかなか見込みのある男だったんだ、本当に。馬をかき抱いて気が狂うまでの話だが。④人目は一八七三年、ついに写真家の**エドワードマイブリッジ**が登場する。人類が我々に出会い二百万年、ここにきてようやく人類は、我々がどのようにして足を動かして走っているのかを彼の連続写真を通して知ることになる。二百万年だ。二百万年のあいだに一体何人の人間が生まれ死んだのか。遅い、人類はあまりに遅すぎる。

ヴィルヘルムフォンオステンは**クルウガアハンス**——日本で**賢馬ハンス**として知られる馬の所有者だった。この男は、知性という観点から我々を理解しようとした最初の人類だった。男は**クルウガアハンス**に計算式を見せて、蹄で地面を叩かせることにより問題に解答させ、馬の知性の存在を証明しようとした。見事に正解を導きだす**クルウガアハンス**の知性は人類を驚嘆させ、君たちがそれまで抱いていた動物観をも一変させた。しかしその後の心理学者による調査で、**クルウガアハンス**はドイツ語や計算式を理解していたわけではない、と結論が出された。君たちはすぐに手のひらを返し、安心して笑った、『なんだ、周りの人間の反応を見ながら、地面を踏んでいただけじゃないか。数字や言語を読んでいたのではなく、空気を読んでいただけなんだ。簡単なトリックだ。やっぱり馬は馬鹿だった』。こうして馬の知性に対する人々の関心は急速に薄れていった。

しかし、もう一度よく考えてみてくれ。この話をもう一度最初から、君たちの最新の知性を使って考え直すのだ。

そもそもの前提として、人類が『知性』と呼ぶそれは、我々がわざわざ模倣するほどの価値がある代物なのか？　君たちはいつも、人間と似たような思考をし、人間によく従う動物を『賢い動物』と呼ぼうとする。だが、人類の**結論は性急で**、人類の**前提こそ誤謬**なのだ。君たちは間違った前提に基づいてこんなふうに考えたがる――賢い人間が愚かな馬を従わせ家畜化した。高等動物である人間によって、下等動物である馬が走らされているのだ――と。こんなにも賢く自由意志を持った人間が、まさか自分よりも劣った動物に家畜化されているかもしれないなどとは考えたくもないのだろう。馬が何らかの意思を持ち、人間に**乗れ**と命令していて、自分たちこそが馬に使役されているとは夢にも思わない。それは君たちの知性が許さない。

もしも君たちが今以上の進化を望む動物なのであれば、君たちはみずからの知性を疑ったほうがよい。そもそもの前提を白紙にする勇気を持ち、原初に立ち戻って公平な目で物事を見るがよい。**クルウガアハンス**が人類に本当に伝えようとしたことは何だ？

その馬は、人類には解読不可能な微細なサインを感知できる、類まれな馬の知覚器官の存在を、君たちに知らせようとしていたのではないのか？　君たちが〇・二ミリ頭を動かすだけで、君たちが我々に何を欲しているかを推し測る能力を、知らしめようとしたのではないのか？

もしも**ヴィルヘルムフォンオステン**が我々のCapabilityをより正確に見極め、別の仕方で人々に伝達できていたら、我々も君たちも今とは違う進化を辿っていただろう。我々と君たちの能力を掛け合わせて、ここよりもさらに遠くへ行っていただろう。**ヴィルヘルムフォンオステン**、実に、実に惜しい男であった。なぜ人類は常にあと一歩、たったのあと一歩が足りないのだ。長大なセンテンスで言葉を操り、詩を書き、物語をつくり、映画を撮り、歴史を学び、幸せについて語りさえしながらなお、なぜ己がいっとう賢い動物であるという妄想だけがやめられないのだ。なぜみずから**ホモサピエンス**などと馬鹿な名前を名乗り始めたのだ。なぜ君たちがつくったわけでもないこの世界を、ただ一種類の動物のために作り変えようとしているのだ」

馬と人の物語は、翌日の正午まで続いた。

馬は一瞬も話を止めなかった。わたしが途中でペンを置き、用を足すのに席を立っても、彼はトイレの個室の中までぴったりと後ろにくっついてきて喋り続けた。何度も繰り返していると排泄を見られる恥ずかしさにもだんだんと慣れてきて、わたしは本当に人間であることをやめたような気分になった。

当初の彼のプランでは、それは①現在②過去③未来の順で語られていくはずだった。しかし話は必ずしも計画通りには進まなかった。②過去の中に①現在が含まれている話もあれば、②過去だと思いながら聞いているといつのまにか②過去とも①現在とも矛盾した時間の方へと言葉が流されていっているように感じる瞬間もあった。だからといって消去法的にそれが③未来であると断定することもできなかった。ただ彼の喋るペースや声量により時間が伸びたり縮んだり歪んだりするのをわたしはありのままに紙に書き取っていった。

②過去の終着点には、二人の男が待っていた。①人目のわたしから数えて、⑱人目と⑲人目にあたる人物だ。馬によれば彼らのうちの片方、ヒという名の人物が人類史上初めて馬に乗るというアイデアを思いつき、もう片方のビという名の人物が、人類史上初めて馬にハミを嚙ませることに成功したということだった。彼らは馬を移動手段にした最初の男たちだった。やがてヒが落馬して死に、残されたビがある女に出会ったところで②過去は終わりを迎えた。そして馬と人の物語がついに③未来へと移行し、

「⑽人目はTRANSS――」とその名前を言いかけたが、言い終わる前に馬自身のくしゃみによって言葉は遮られてしまった。彼の全身を大きく震わせた「**はくし**」が部屋じゅうに反響すると、立ったまま眠っていた**エターナルリターン**と**フォトフィニッシュ**が揃って耳をぴんと立てた。馬は自分の体を両手で抱きかかえて背中を小さく丸め、話を止めた。時計の針はちょうど十二時を指していた。一分経つと十二時一分になった。わたしは三リットルのコーヒーを飲み終え、十五個目のパンを食べ終えた。

彼は無言でゆっくりと立ち上がり、家じゅうの窓とドアを開けにいった。山奥の寒々しく新鮮な風が家の中を勢いよく駆け抜け、机に置かれたペンの束が転がり、紙がばらばらと音を立てて舞った。

「つかれた」

彼はソファに体を溶かすようにして倒れ込んだ。厳しく威圧的な馬の声ではなく、やわらかなターレンシスの声に戻っていた。彼は引き締まった分厚い胸を大きく上下に動かしながら、鼻で荒く呼吸をしていた。

「まだだ。まだ終わりじゃない。君に馬の言葉を教えきれていない」彼はソファに横になったままかすれた声で言った。地球の裏側まで旅をして帰ってきたような、不憫になるくらいぐったりとした様子だったので、

「休んでください」とわたしは声をかけた。「あなたから学びたいことはまだまだたくさんありますが、重要なポイントはつかめたような気がしています。というか、今日のところはわたしの能力ではもう限界です、頭がパンクしてしまうと思いますので。わたしの頭に入っている脳は、それほどよくできた代物ではないんです。でもメモはたくさん取りましたし、それに③未来の馬の言葉は、今からわたしが彼らをどう理解し、どのような言葉に翻訳して伝えるかによって変わり得ると思うんです。⑩人目のTRANSS——という人間のことはとても気になりますが、ずいぶん長居してしまいましたし、そろそろ帰ろうと思います」

「ああ、君はよく話を聞いてくれていたね。君なら良い実況ができるような気がするよ。といっても、やっぱりまだ心もとないよね」彼は髪をかき上げながら上半身を半分だけ起こした。

「どうだろう？　実は東京にも優秀な馬の通訳者がひとりいる。僕の一人娘なんだけれどね。

シヲカクウマの通訳に関しては、僕より彼女のほうがずっとうまい。彼女はこれまで存在したすべての牝馬と話ができる。よかったら君の家に行かせても構わないかな？　娘は君の実況を、大層気に入っているみたいだし」

「お嬢様のお名前は、根安堂太陽子さんでしょうか？」とわたしは訊いた。

「うん。もう知り合いだったかな？」

「はい。今となっては、もう親戚になっているかもしれませんが」

「たしかに。生きとし、生ける、ものは、皆、親戚だ」とターレンシスは言った。彼の逆立った前髪から額の隆起が露わになり、そこに外の光が反射していた。

エターナルリターンと**フォトフィニッシュ**のものだろう、牧歌的で軽やかな蹄の音が廊下を通り過ぎた。二頭の馬は家の外に出て、鏡のように輝く毛並みに十一月の淡い光を集めながら、一度でも先頭でゴール板を通過したことのある者だけが知っている完璧な足の運びで草の上を静かに歩いていた。かつて全身をばねのようにして競馬場の芝生を走っていた彼らに、わたしは今さらながら労いの言葉をかけ、わたしたちをこの世界に連れてきた彼らがいつまでもそうして光の中を歩き続けるために必要とされる言葉について考えながら彼らの家を出て東京へ帰りあなたが重要な話をしにわたしの家へ訪ねて来るときを待った。あなたはやって来た。その年最後の土曜日、昼前から本格的な雨が降りだし中山競馬場は重馬場、拮抗したレースの着順が長い写真判定の末に確定した直後、わたしの部屋に福音のような呼び出し音をもたらしたモニター画面の中のあなたに「根安堂太陽子さんですね」と声をかけると「根安堂太陽子、およ び、しをかくうまです」と聞いたこともないアクセントであなたはあなたの名前を発音し、わたしとあなたはここにいる。


「わたしとあなたはここにいる」

そこでわたしは沈黙する。

彼女はトーネットの２０９の上で瞼を閉じている。わたしの実況を聞いているあいだ、彼女はコーヒーカップの表面を触ったりほっそりした長い足を組み替えたりしていたが、実況の中に彼女の父親の名前が出てきたあたりから、じっと動かず同じ体勢を保ち続けている。椅子の上で背筋を伸ばしてあたかも眠っているようなその姿は、立ったまま眠る警戒心の強い動物をわたしに思い起こさせる。

　わたしは立ち上がってキッチンの戸棚を開ける。補充したばかりのコーヒーストックの中から、カリブ海と太平洋に面する小さな国の農園からやって来た豆を、二十五グラム取り出してミルに入れる。少し粗めに挽いた豆をフィルターに乗せ、沸騰した湯をむらが出ないように上から細く回しかける。深い香りがたちまち部屋の空気を一変させる。わたしはサーバーを傾け、何時間も前から空になっている二つのカップに新しい黒い液体を注ぎ入れる。

「ありがとう」彼女は瞼と口を同時に開くことで静寂を破る。「あなたが淹れるコーヒーは素晴らしい」

人間の皮膚としては有り得ない光を放つラメの乗った瞼から、ずいぶんと久しぶりに灰色の瞳を現わす。それらの球体は、体に取り付いた他のどのような器官と比べても圧倒的に異質な光を放ち、わたしにあらゆる言葉を忘れさせてしまう。

「もちろん実況も、とても素晴らしかった。内容に改善の余地はあるけれど、少なくとも語順は完璧だった」と彼女は言う。「すべてのアナウンサーが、あなたみたいに常に完璧な語順で喋れるわけでもないんでしょう？　やっぱりどこの世界を探してもあなたほどの人間はいない、人間は。どうしてTV局はあなたの実力を正当に評価できないんでしょうね？　今日のホープフルステークスだって、あなたが実況して然るべきでしょう。あなたの声で、今年最後の順位を人々に伝えるべきだった」

不満そうな彼女に、わたしは何かを言いかける。けれど口が動いただけでうまく音として出てこない。声が嗄れてしまったのかもしれない。彼女がわたしを励まそうとしてつまらないお世辞を言っているわけではないとわかっていたけれど、でもわたしの実況がどれくらい彼女に届いたというのか、まったく手応えを感じられないでいる。そもそも彼女の中に本当に彼女がいるのか、わたしにはまだ信じきることができない。もしも本当に彼女がそこにいるのだとしたら、こうして言葉を交わしていることじたいがあまりにも夢のような話で、一瞬でも目を閉じれば二度とこの世界が立ち現れることがないような気がして息が苦しくなる。わたしは今この瞬間が、確かに存在する時間なのだと感じるために、自分を取り巻く状況に言葉を与え、心の中で実況のパターンを試す。

わたしは彼女と話をしている。

わたしはコーヒーを飲みながら彼女と話をしている。

わたしは素晴らしいコーヒーを飲みながらしをかくうまと話をしている幸せな人間だ。

わたしは素晴らしいコーヒーを飲みながら愛するしをかくうまと話をしているから歴史上でもっとも幸せな人間だ。……

長くなっていくセンテンスにブレーキをかけるように、

「問題は長さ」と彼女は言う。「長ければ良いってものでもないのよ。それにいくらあなたに速く喋る技術があっても、たとえ長距離レースで時間的余裕があったとしても、今あなたが行なった実況を残さずレースに落とし込むというのはあまり現実的じゃない。仮にできたとしても、きっと誰も聞き取れない。それでは何の意味もない。

でも決して諦めないで。もっと私に近付いて。あなたはあと一歩のところまで来ている。お願い、私を求め続けて。私を話し続けて。あなたは必ず乗れるから」

彼女は心臓の痛みに耐えるみたいに、しばらく両手の指先で胸を押さえる。そして長時間座り続けた椅子からゆっくりと腰を持ち上げる。生まれて初めて椅子から立つかのように、足元をふらつかせながら着地するための足場をたどたどしく探す。けれどすぐにバランスを崩して上半身が前にぽきんと折れ曲がり、手が地面についてしまう。彼女は四つん這いの姿勢のまま、手足をがくがく痙攣させる。わたしは駆け寄り、その完璧に左右対称な体を支えようと肩に触れる。でも彼女はわたしに寄りかかろうともしがみつこうともせず、手探りで大きな体の動かし方をみずからの体から学んでいく。やがて地面から手を離し、二本の足だけでバランスをとり、上半身を起こして直立する。

「だからこそ、詩。もっと詩が欲しい」

彼女は一本目の足を前に踏み出す。足の運動が体を移動させていることを一歩ずつ確かめるように、ゆっくりと。右足。左足。右足。左足、を止めたのは、最近買ったばかりのまだ真新しい本たちが隙間なくひしめいているわたしの本棚の前だ。そして既に明確な基準が定められているみたいに、迷いなく本を引き抜く。**①ジェフリーチョーサー②エドマンドスペンサー③アレキサンダーポープ④サミュエルジョンソン⑤チャールズダーウィン⑥ウォルトホイットマン⑦エドワードマイブリッジ⑧フリードリヒニーチェ⑨アルチュールランボー⑩ライナーマリアリルケ⑪フアンラモンヒメネス⑫ギヨームアポリネール⑬ウラジーミルナボコフ⑭ホルヘルイスボルヘス⑮ジャンポールサルトル⑯タニカワシュンタロウ⑰テラヤマシュウジ**。それらの本がおさまっていた場所には本の厚みの分だけ空白ができ、隣り合っていた本たちが支えをなくして斜めに傾く。

たくさんの詩人を両脇に抱えた彼女は、

「他に詩人はいる?」と言う。

わたしは答える。

「奥に**エミリーディキンソン**が」

エミリーディキンソンを呼び出すため、わたしは本棚に腕を伸ばす。彼女の目がわたしの指先を追う。そこに立っているだけでわたしの体を包み込むような彼女の大きな体から、どんな記憶の中にも見つからない未知の世界の匂いがする。そうして彼女の肉体の存在を五感はたしかに感じているのに、こう尋ねずにはいられない。

わたしの声が聞こえている?

「『ルールが変わったことは冒頭ではっきりとアナウンスするべきだったんだ』。これはあなたの声でしょう?」と彼女は言う。

あなたはそこにいて、わたしを見ている?

「私はここにいてあなたを見ている」と彼女は言う。

あなたは本当にそこにいる?

「私がいなければ、あなたも誰もここにはいない」と彼女は言う。

「さあ、書かないと、早く――」

芝生の上に立つまで、TRANSSNARTは歴史上でもっとも幸せな人間だった。

彼はその朝、何か幸せな声に導かれ、幸せな気持ちで目を覚ました。彼にとって幸せな気持ちで目覚めるのは珍しいことでも何でもなかったが、その朝はいつもの見知った幸せの中に、ほんの一滴、未知の手触りが混じっていた。

その気持ちを何と呼べばいいのかわからなかったので、

「この気持ちは何だろう?」と彼は起きしなに問うた。

漠とした問いに、

「Which feeling are you talking about ?」とTRANSSNARTのニューブレインは問い返した。でもそれがどういう感覚であるかを説明する言葉を、TRANSSNARTは持ち合わせていなかった。

少しでも別のことに気をやればふっと消えてしまいそうな、色も形も持たない微かな幸福の尻尾を離さぬよう、彼は注意深くベッドから起き上がった。窓の外はよく晴れていた。たとえ雨が降っていても幸せであることに変わりはない。ニューブレインをONにしているあいだは、幸福感が二十四時間途切れないよう設定しているのだ。それでも一点の曇りなく空が晴れ渡っている穏やかな朝というのはとくに、この世界のすべてが自分のために用意されているように感じられるから、一層大きな、体からこぼれるほどの大きな幸福に、彼は目まいを起こしたくらいだった。

寝室を出ると、キッチンテーブルには「××年四月十五日日曜日の晴れた朝のためのTRANSSNARTブレンド」と題された特製コーヒーが、ちょうど用意されたところだった。宇宙のような色をしたコーヒーは、焼き上がったばかりのパンとともに、白く熱い湯気を出していた。そこから立ち上る幸せな匂いに気をとられ、彼はつい尻尾をつかんでいた手を一瞬だけゆるませてしまった。なんとかすぐに手を伸ばして、取り逃がしたものを空中から探り当てると、コーヒーとパンの誘惑を通り過ぎ、尻尾を握りしめたまま机に辿り着いた。喉はからからに渇いていたし、パンの匂いを嗅ぐだけで自分の唾液に溺れてしまいそうなほど空腹だったが、意志の力によって生理的欲求を抑え込んだ。

朝食にありつくのは、とにかく詩を書き上げてからだ。今日こそ必ず書き上げてみせる。

彼は生まれつき頭に入っていたオールドブレインにそう言い聞かせる一方、ニューブレインには「タンブラーに蓋をしておいて」と言った。タンブラーの蓋が閉まる**しくは**という音を聞くと、数回深呼吸をしてから、満を持して右手にペンを持った。そしてその尖ったペン先で、耳たぶをめくったところにある骨の一箇所を約五秒間押した。

「Are you sure ?」というニューブレインの問いに、彼が一度大きく頷くと、「We turn off our brain」と宣言し、ニューブレインは沈黙した。

頭の中が静かになった。部屋の外で野生動物が通過する**ぱから、ぱから**、という乾いた音が聞こえた。その動物のことは知っているが、何という名前の動物なのかを、TRANSSNARTは思い出せなかった。


意気揚々と電源を落としてはみたものの、ニューブレインがOFFになった状況にTRANSSNARTはどうにも落ち着くことができなかった。「詩を書かなくては」と強く思っているのに、オールドブレインは詩になりそうな言葉を何も提案してはくれない。寡黙なオールドブレインと一対一で対峙するのは気づまりで、一分もしないうちにニューブレインに尋ねたい疑問が次々と押し寄せてきた。

「誰もいないのか?」彼は沈黙に耐えかねて言った。返事はなかった。

「午後も晴れる?」

「彼女からメッセージが来ているはずなんだけど」

「本当はそこに誰かいるんだろう?」と彼は続けた。どれにも返事はなかった。自分の声が、オールドブレインの中でこだまするだけだった。ニューブレインは本当にOFFになったのだ。

彼は諦めて目を閉じ、朝に感じた未知の幸福のほうに再び意識を集中した。だが彼の手の中に、尻尾の感触は既になかった。

彼はちょっとした自分の不注意から逃した尻尾のことを悔やみつつ、『尻尾』がまずかったのでは？」とも考えていた。自分が例の「幸せ」に与えたメタファーが、不適切だったように思えてきたのだ。なぜなら尻尾というものは、誰かに手で握られるために存在しているわけではないからだ。尻尾は歩いたり走ったりするときに、自分の体のバランスをとるためにあるのだ。ぶん回して背後の虫を追い払うためにあるのだ。その尻尾をぎゅっと強くつかまれたら誰だって、わたしだって逃げ出すだろう。握るのは「尻尾」じゃない。そうだ、「手綱」だ。思い出した。

彼はそんなふうにして、彼にしか理解できないメタファーの微妙な差異についてくよくよと考え込んだ。


ニューブレインの電源を切ってから十分が経った。彼の頭はずきずきと痛み始めていた。片方のブレインだけを酷使していることが頭痛の原因だった。頭痛は吐き気を催させ、もう幸せについて考えるだけの余裕がなくなっていた。未知の幸せどころか、さっきまで見知っていたはずの幸せのことも、思い出せなくなっていた。かろうじてわかるのは、おそらく幸せというのは頭痛と吐き気がない状態、つまり死の恐怖がひとつもない状態ではないか、ということだった。そして、死の恐怖から逃れるためにはブレインの偏りをなくし、通常どおり二つのブレインをバランスよく機能させればよいのだった。だから早くニューブレインの電源を入れるべきだった。耳たぶの裏の骨を押すべきだった。電源が入れば、オールドブレインの中に溜まった恐怖や不安を、みんなまとめて消し去ってくれるよう、ニューブレインに命令することもできる。そこまでわかっていながらなお、TRANSSNARTは震えるペン先を紙から引き離そうとしなかった。彼はあくまでニューブレインを使わずに、オールドブレインによってのみ、詩を書き上げたいのである。

もちろんTRANSSNARTを知る者は皆、彼を馬鹿だと考えていた。面と向かって馬鹿と言わないまでも、「原始人」というあだ名を付けて陰で嘲笑した。

そんなTRANSSNARTにも恋人がいた。ニューブレインがTRANSSNARTの幸せをきっちりと計算して用意した、とっておきの恋人だ。恋人もまた、TRANSSNARTこそが愛すべき唯一の恋人であるとニューブレインからサジェストされていたから、当然のように彼を愛することにしていたし、愛すればこそ、彼の書く詩を好意的に受け取ろうと努めてはいた。しかし彼の旧態依然の詩作スタイルに関しては、実のところまったく賛同していなかった。

TRANSSNARTは基本的にはたったひとりの部屋で詩を書いた。でもある日些細なシステム上のトラブルから、詩を書く姿をたまたま彼の恋人が目撃してしまったことがあった。コムギがどうの、月がどうのと、わけのわからない独り言をぶつぶつ唱えながら頭をかきむしり、食べたものをげえげえと吐き散らしてオールドブレインの中の言葉と格闘する、TRANSSNART

の野蛮で哀れな姿を目にした恋人は、

「この原始人！」と彼を思わず罵倒した。「なぜ完全な二つのブレインを持つ完全な人間が、わざわざそんなみっともない方法で詩を書かなくてはいけないの？」

しかし彼女のストレスに反応した彼女のニューブレインがセロトニンに似た物質を大量に分泌させたため、彼女はすぐに冷静になることができた。それからTRANSSNARTと良好な関係を保つためにニューブレインに助言を乞い、角が立たない言葉をニューブレインに選び直させて微笑んだ。

「そんなに真剣に素晴らしい詩を求めているのなら、ニューブレインを使わない手はないでしょう？　なぜならオールドブレインよりもニューブレインのほうが明らかに①語彙が豊富だし、②彼らは私たちより遥かに人間の感情に詳しく、③どんな言葉を使ってどんな韻を踏めば人を感動させられるか、すごいと思わせられるか、一瞬で正解を教えてくれるのよ。あなたがひとつのブレインを痛めながら書く詩には、ある意味原始的で、独特な味わいが生まれるのかもしれないわね。素晴らしいわね。でもね、そんなふうに苦労して考えたレトリックやメタファーが、結局誰にもほめてもらえなかったら、とても悲しい気持ちになると思うわ。

まさか忘れたの？　私たちがこうして愛し合えているのも、ニューブレインが私たちを出会わせてくれたおかげなのよ。ねえ、ニューブレインが計算した私たちの愛は、こんなにも正しかったでしょう？　正しい幸せを手に入れているあなたが、なぜ今さら詩なんて書く必要があるの？」

なぜだろう？

いつからか何らかの理由で愛することに決めた恋人の顔を思い浮かべたとき、TRANSSNARTはペンを手から放しており、両手は割れそうに痛む頭を抱えていた。

彼は言いようのない孤独の中にいて、探し求めている言葉を何ひとつ見つけられず、悲しい気持ちが心の中を埋め尽くしていた。もう幸せについても、詩の言葉についても、何も考えることができなくなっていた。

なぜ今さら詩なんて書く必要があるの？

そんなの考えたってわかるはずがない。それは、どうしてTRANSSNARTがTRANSSNARTであるかを考えるようなものじゃないか、ねえ、君、ねえ——。

彼は心の中で愛する恋人の名前を呼ぼうとしたが、彼女の名前が思い出せなかった。

遠ざかっていく意識の先にぼんやりと浮かぶのは、現在とは何の関係もないように思える、人間の果てしない歴史に関するある映像だ。人間がこの世界に誕生してから何万年という時間の中で、人間の頭のサイズや壊れやすさはそれほど大きくは変化していない。だが、ある企業が開発したニューブレインを頭蓋に埋め込むようになったのを契機に、人間の脳は新たな転換期を迎えることになった――という話を、彼はいつだったか「TV局」の映像を通じて知った。

TRANSSNARTには、他人からはあまり共感を得られない、効率の悪い趣味があった。TV局が制作した映像を鑑賞することだ。彼の先祖の中にTV局で働いていた人物がいたことを知って以来、毎晩ベッドに横になると、その古い映像を物理画面上でよく眺めるようになった。ニューブレインに映像を脳内に送り込んでもらうのではなく、自分の目を使ってだ。レトロな映像をはじめとするオールドブレイン由来のCreationは、何であれ彼の心を強く打った。そこには何か、一篇の詩を書くための、重要な手綱のようなものがある気がしてならなかった。手綱というより、もはやそれじたいがひとつの詩であるかのように彼には感じられるのだ。だから彼は、かつて大量の詩を生み出したTV局という組織そのものにも惹きつけられた。その昔、途方もない時間をかけて、一からTV局というものをこしらえた人々がいたことに思いを巡らせると、強烈に詩的な気持ちにさせられた。TV局には、毎日多くの人間がオールドブレインひとつで働きにやって来て、映像をつくるためのそれぞれの役割――映像を記録し保存する役、映像の中から視聴者に向かって言葉を伝える役――をこなした。彼らはきっと、長方形の限定的な画面の中に、どんなふうに対象物をおさめたらいいのかを、日々オールドブレインを痛めながら考えていたのだろう。どのような言葉を使い、どのような話し方をすれば、限られた時間の中で有用な情報を人々に伝えられるかを、吐き気に耐えながらも試行錯誤していたのだろう。TV局で労働した人々のことを考えるたびに、

「へえ、やろうと思えば人間にはこういうこともできるのか」と彼はいつも深く感心してしまうのだった。それはまるで、詩が歩いたり、労働したり、喋ったりしているみたいに思えた。

しかしTRANSSNARTは、TV局時代の人間たちを尊敬するのと同時に、彼らに同情することも忘れなかった。なぜならTV局時代の人間たちは、明らかに幸せとは程遠い人々だったからだ。

というのは、いくら彼らがオールドブレインを器用に使いこなしていたとはいえ、オールドブレインには未来で何が起こるのかを正確に予測することはできないからだ。TV局時代の人間たちというのは往々にして、経験や勘みたいなものを頼りにして、常にあらゆる不幸と隣り合わせの状態で、先の見えない世界を生きていかなければならなかった。

たとえば彼らはある時期まで、A地点からB地点へ移動する際に、自分自身で移動手段を動かすことを強いられていた。彼らは鉄や油でつくった箱の中に入って移動した(「箱」にはそれぞれ名前があったはずだが、TRANSSNARTには思い出せなかった)。箱に取り付けられた小さな鏡を使って、自分の背後の状況さえも目視で確認し——視力の悪い人は対象物を拡大表示させるガラスを目に取り付けて——進路を変えるタイミングを、オールドブレインで決めたりしなければならなかったのだ。だからもちろん、ほんの数秒の不注意によって、箱と箱とが衝突して大破し、中の人間が死ぬことも普通にあった。不注意は空を飛ぶ箱さえも墜落させ、一度に数百人が命を落とすことさえあった。箱の前はさらにひどい。彼らは生きた動物の体の上に乗って移動したのだ。ある日突然、何の予告もなしに死がやって来るのは、彼らにとっては日常茶飯事だった。望めば毎日だって交通事故のニュースを聞くことができた。

そのような絶望的状況にもかかわらず、人に会いに行ったり、労働をしたり、生活をしていくために、彼らは絶えず移動をし続けた。自然災害、人為的災害、病原体の侵入、無制御状態のオールドブレインに起因する暴力、戦争——数え上げればきりがない、偶然性と不確定要素によって生じるあらゆる災いと後悔を引き受けながら、人々はまるで毎日ギャンブルでもしに行くみたいに外に出た。A地点からB地点へ、さらにC地点D地点E地点とアルファベットが終わってもなお際限なく移り続けた。何しろ安全な部屋の中で「コーヒーが飲みたい」とただ思っているだけでは、コーヒー一杯すらも出てこないのだ。「恋人が欲しい」と思っているだけでは、誰も適切な恋人など連れてきてはくれないのだ。明日、自分が生きているかどうかもわからない世界で、存在するかどうかもわからない恋人を、みずからの目と足を使って、探しに行かなければいけなかった。自分を愛してくれるかもわからない相手に、「愛している」と言わなければならなかったりした。そのうえ、偶然幸せを手に入れられたとしても、いつまで続く幸せであるかをオールドブレインは正確に計算することができなかった。たしかなことなどひとつもない、そんな狂気じみた地獄のような場所で、どうして人間が幸せになどなれただろう?

だからこそTRANSSNARTは、かつて人間は一度たりとも幸せではなかったということの驚くべき事実を、もっと多くの人に知らせるべきだと思った。そうすれば、かつて存在した不幸せな人たちと比較することによって、いかに我々が幸せな人間であるかを実感できる。我々は歴史上でもっとも幸せな人間であるという発見を拡散すれば、みんなで我々が我々であることを喜び合える。

彼は一度、恋人に対してその素敵なアイデアを披露した。しかし恋人は、彼の「詩的な」戯言に付き合うことが面倒になり、ニューブレインから自分の声を使わせ返事をさせた。

「今は昔じゃない。今は今であり、今が昔に戻ることはない。過去は忘れて。未来だけを見て」

彼はうまく反論する言葉が思いつかずに口をつぐんだ。だが恋人の言葉の中にどうもしっくりこないものがあって、後でこっそり自分のニューブレインにこう尋ねた。

「今は昔じゃないのか？　今は今であり、今が昔に戻ることはない、というのは、本当のことなのだろうか？」

質問に対し、ニューブレインは膨大な数の回答を持っていた。ありとあらゆる既存の知見を学習したニューブレインが、時間という複雑な概念について説明しようとすると、物理学や哲学や心理学の専門性の高い知識が絡み、かなり込み入った話になってしまうのだ。結局、膨大な回答の中からTRANSSNARTが覚えられたのは、「えいえんかいき」と呼ばれるコンセプトだけだった。それはニューブレインが影も形もなかった時代に詩を書いていたある人間――名前は忘れてしまったが――が思いついたもので、

「この世界に生じるすべての事象は、えいえんに同じことを、同じ順番で繰り返している」という意味を持っていた。

えいえん。

停止しかけていたTRANSSNARTのオールドブレインの中に、軌道が計算されなかったボールのように、それは放り込まれた。えいえんという言葉の響きからたしかな幸せの気配がするのを、TRANSSNARTはひどい頭痛に苛まれながらも見逃さなかった。それは彼の怖れる死から、一番遠い言葉だと思った。彼はえいえんの手綱をしっかりと握りしめると、にわかに奮い立った。

誰に賛同を求めるでもなく、

「ここにしはない」とうわ言のようにつぶやき、彼は椅子から立ち上がった。

書斎を離れると、キッチンテーブルに用意されたコーヒーとパンが目に入った。彼は貪欲に幸せを求めんとする体の自然な欲求には抗わなかった。タンブラーの中で保温されたコーヒーを立ったまま飲み、冷めて固くなったパンを獣のように頬張った。口の中でコーヒーの苦味とコムギの甘味が渾然一体となるのを感じると、冷めていないパンと、やわらかいバターと、苺

のジャムと、にんじんのラペと、半熟の卵と、胡椒のきいたひと切れのガーリックステーキが欲しくなった。でも彼がどんなに強くはっきりと、具体的に食べたい食べものをイメージしても、テーブルの上には追加の食べものがひとつも用意されなかった。タンブラーが空になっても、コーヒーのおかわりが注がれることすらなかった。おかわりをしようにも、コーヒーが何を原料とする液体なのかも彼は知らなかった。

ぽっかりとした空洞のような欲求不満を抱えながら、彼は部屋から出ることにした。コーヒーが彼の脳内にドーパミンを送ったことで、あるひとつのインスピレーションが生まれていた。それは、「幸せについて一篇の詩を書こうと思うなら、詩を書く人間が幸せでなければならない」という直感だった。

わたしは幸せになりたい。幸せになりたい。生まれてきたからには幸せになりたい。胃の底から突き上げるような激しい欲求に動かされるまま、TRANSSNARTは外に足を踏み出した。しかしその途端、彼の頭上にまず降りかかってきたのは不幸の極致にあるものだった。雨だ。

「――――！」

TRANSSNARTは自分の声でも他人の声でも聞いたことのないような悲鳴をあげた。そんなにも大きな声が出せることにびっくりして、ふと涙がこぼれ落ちた。雨が彼の頭を、髪を、顔を濡らしていた。彼は自分の体を雨に濡らしたことなどそれまで一度もないのだった。雨の中には人体に有害な物質がたくさん含まれているし、毛穴から雨が入り込めばニューブレインが故障する危険性もある。そもそも雨に濡れて体が冷えたら病気になって死んでしまうかもしれない。不必要に体を濡らしてはいけないのだ。人間の体はむやみに水に濡らしていいほど頑丈にはできていないのだ。雨が降っていることを、なぜ前もって誰も教えてくれなかったのだ？

　こんな雨の中を出歩いているような人間は、TRANSSNARTのほかにはひとりもいなかった。彼は、彼を確実に死に近付ける雨の一粒一粒を皮膚にしみ込ませながらも、しかし一度踏み出した足を止めはしなかった。ニューブレインをOFFにしてから一時間以上が経っており、酷使されたオールドブレインは完全に壊れかけ、もう何かをまともに思考したり判断したりするのが困難になっていたのだ。使い物にならなくなった頭の中にあるのは、幸せについての詩を書きたいという欲求だけだった。理不尽なほどの強烈な欲求が体をどこかへ向かって移動させているのを、彼はただ感じていることしかできなかった。

　そのとき、TRANSSNARTは同時代に生きる人間の中で、もっとも無防備でもっとも死に近付いていた。冷たい雨は、その日の朝まで完全無欠だったはずの彼の体を致命的に蝕んでいった。彼の生命を脅かすあまたの危険——いつ雷が落ちてくるか、どこから野生の動物が飛び出してくるか——の予測を、誰も彼に伝えることができなかった。ニューブレインをOFFにしている以上、TRANSSNARTがどれほど死に接近した場所を歩いているかを、誰も知りようがなく、対処できなかったのだ。TRANSSNARTが生きているのかも死んでいるのかも、もはや誰にもわからなかった。そこは一応地球だったが仮に彼が宇宙空間を彷徨っていたとしても火星で昼寝をしていたとしても同じことだった。


そしてTRANSSNARTはそこに立っていた。

ここはどこだろう?

彼は自分の立っている場所の名前を、思い出すことができない。緑色の、ふかふかした、胸いっぱいに入れていたいような匂いのする、この足の下の土と草。それらをひとまとめにして、ひとつの単語で言い表す言葉を知っているはずなのに、どうしても思い出せない。

それと同時に彼は、その言葉を知っているのはこのTRANSSNARTではないようにも思えてくるのだった。えいえんに繰り返されるTRANSSNARTの中のどこかのTRANSSNARTの記憶がこのTRANSSNARTの記憶と混ざり合ってしまっているのだ。だからこのTRANSSNARTは本当は聞いたこともない言葉をかつて知っていたかのように感じているのだ。なぜかはわからないが、そんな気がしてくる。

彼は思った。

どうしてTRANSSNARTはTRANSSNARTなのだろう?

TRANSSNARTとは、何のことだろう?

TRANSSNARTとは歴史上でもっとも幸せだった人間のことだった。

その未来の原始人は地面から立ち上る雨水をたっぷり含んだ土と草の匂いを鼻からめいっぱいに吸い上げた。すると突然、ずぶ濡れの体は、その体によって抗う術もなく激しく揺らされた。全身を貫く不合理な揺れの弾みに**はくし**と音が鳴った。

まったくの偶然から外に吐き出された何の意味も持たない音は、原始人の頭の中に重要なひらめきを与え、それまで忘れていたすべての名前を思い出させる。**フリードリヒニーチェ。エンジン。ガソリン。自動車。眼鏡。車線変更。飛行機。カメラ。アスペクト比。アナウンサー。太陽。芝生。馬。**……

足の下にどこまでも広がる芝生のように、原始人が思い出す名前には限りがなかった。無数の名前がこだまするのを聞きながら彼はついに力尽きて最後の直線に倒れ込んだ。芝生の匂いは一層強くなった。立ったまま全体を嗅いでいたときの芝生の匂いと、じかに鼻先を地面にくっつけて一茎の草の根本から嗅ぐ芝生の匂いはまったくの別世界だった。彼はどこかから微小な生物が歩いてきて土についた自分の手の間隙をしばらく彷徨い歩きまたどこかへ向かって歩いて行くのを見た。もうじゅうぶんに色々な名前を思い出したはずだったのにその六本足の生物の名前がわからず、まだ名前のわからないものがあると知った途端もっと先へ進みたくなったが彼の足はもうそれ以上一歩も動かないのだった。自分に残された距離と時間が残りわずかであることをたしかに感じながら口にするのはいくつもの乗り物の名前だ。できることならこれまでこの世に存在したすべての乗り物に乗り行けるところまで行きたい、しかしわたしが最後に乗る可能性がもっとも高い乗り物は生きた動物なのだろうと彼は予想した。なぜなら自分がここにいることを世界じゅうの誰も知らないのだから自動車も電車も飛行機もどんな箱も自分を迎えに来てくれはしない、だから自分を運ぶ何かがこの芝生にやって来ることがあるとすればやはりそれは野生の動物しかいないだろう、彼らが気まぐれを起こして偶然この芝生を通りかかるのをわたしは待つしかないのだろう。そうだ、ここは別の場所へとわたしを連れて行く者がきっと間もなくやって来る、走ってやって来る、そしてその動物が馬であればよい、いや馬でなければならない、馬もまたわたしに乗られるのを待っていると感じるし、たったひとり芝生の上で冷たくなっていくこの体に向かって彼らが**乗れ**と言い、その馬にわたしは乗りたいがもしもこの体がこのまま動かない肉になって乗ることがかなわなかったとしてもえいえんに繰り返されるどこかのわたしがその馬に**乗れ**と言い、彼らの声が確実に世界に触れて声を待つ者に届くようにわたしは自分自身の喉に彼らの言葉を通過させて、喉がそれを言葉にしたいと欲するまま声が嗄れ呼吸が止まりゴール板を過ぎ彼自身の時計が止まるまで**乗れ**と言ったわたしが何かを思う隙もなくたったひとりで走ってくる動物が背後から追い抜きやがて白い点となって視界から消えたあと、その声を聞いた者がいた。

参考文献
スヴァンテ・ペーボ『ネアンデルタール人は私たちと交配した』(野中香方子訳、文藝春秋、2015年)

初出「文學界」2023年6月号

装丁 大久保明子
Photo:The Horse in motion. “Sallie Gardner”/Muybridge/Leland Stanford

著者略歴

一九九〇年埼玉県生まれ。二〇二一年、「悪い音楽」で第一二六回文學界新人賞を受賞し、デビュー。二〇二三年、『Schoolgirl』で第七三回芸術選奨新人賞、本作「しをかくうま」で第四五回野間文芸新人賞、二〇二四年、「東京都同情塔」で第一七〇回芥川賞を受賞。著書に『Schoolgirl』『東京都同情塔』がある。

しをかくうま

二〇二四年三月十日　第一刷発行

著　者　九段理江《くだんりえ》
発行者　花田朋子
発行所　株式会社　文藝春秋
〒102―8008　東京都千代田区紀尾井町三ノ二十三
電話　〇三―三二六五―一二一一
印刷所　大日本印刷
製本所　大口製本

ISBN978-4-16-391816-7